土屋隆夫

TSUCHI
TAKA

推理小說作品集

01

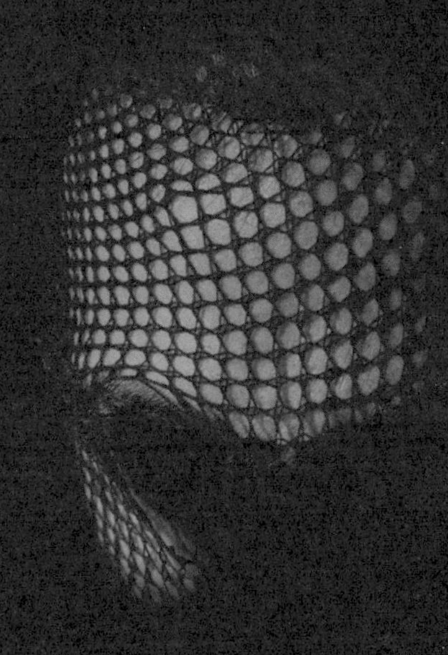

天狗面具

土屋隆夫 著／王華懋 譯／傅博 總導讀／詹宏志、楊永良 全力推薦

土屋隆夫親筆簽名

土屋隆夫｜攝於 1985 年 3 月，光文社提供。

土屋隆夫

TSUCHIYA TAKAO

推理小說作品集 01

Contents

總導讀

孤高寡作的解謎推理大師・土屋隆夫

傅博

日本推理小說的源流

第二次世界大戰前的日本推理小說的主流是非解謎為主題的「變格探偵小說」（在日本偵探稱為探偵）。「變格」的對義語是「本格」，都是日本獨有的造語。「本格」的原義是「具全原來的格式」，而含有非正規成分的事象都稱為「變格」。

當時，還沒有「推理小說」這個文學專有名詞。凡是偵探登場解謎的小說，以及非現實性內容，而具怪奇、幻想、耽美之要素的小說都稱為「探偵小說」，此一專有名詞翻譯自英國稱柯南・道爾所發表的「福爾摩斯探案」系列這類小說為Detective story。

由此可知，在英國是指記述具有謎團的事件發生後，由偵探的合理推理，而解謎破案之經過為主題的小說稱為偵探小說。

但是在日本，一九二三年江戶川亂步發表處女作〈兩分銅幣〉，奠定日本推理小說的基礎後，很多人嘗試這類新大眾文學的創作。因為人人各具不同個性、不同思想、不同才華，其表達形式和作品內容自然有異，也就是說，新人作家的作品，各具其特色，但是符合偵探小說創作要件的並非全部。

當時，唯一刊載推理小說的雜誌是《新青年》月刊，這些非正統偵探小說，只是故事新穎、內容有趣，該刊即給與發表機會。月增年盛，後來居上的情況下，成為一大洪流。

對於偵探小說的本質與定義這個問題，曾經引起廣泛的討論。結論是，凡是具有偵探登場之推理解謎的小說稱為「本格探偵小說」，而非現實性的怪奇、幻想、耽美等為主題的小說，合稱為「變格探偵小說」。

這種偵探小說二分法，一直沿用到一九五〇年代。

一九五七年，松本清張出版《點與線》和《眼之壁》，仁木悅子發表《貓老早知情》之後，「推理小說」才取代了「探偵小說」這專有名詞。

推理小說原來有兩種涵義，第一種涵義是，以寫實手法撰寫的偵探小說，作品本身不帶「社會批評」的色彩，如仁木悅子的作品。第二種涵義是，同樣以寫實手法，記述社會矛盾而發生的事件之經過與收場，並重視犯案動機的小說，作品本身就是社會批評，如松本清張的作品，所以這一類又稱為社會派推理小說，簡稱社會派。

也就是說，推理小說與社會派推理小說原來是不相同的，但是，後來兩者劃上了等號。本文主旨不在探討此問題，不詳述其經過與作品內容的演變。話說回來，第二次世界大戰爆發的一九三九年，日本政府認為偵探小說是「敵性文學」，全面封殺、禁止創作、發表、出版。大戰終結後，偵探小說的文藝復興之機運到來。終戰翌年的一九四六年四月，橫溝正史率先在新創刊的偵探雜誌《寶石》月刊，開始連載「金田一耕助探案」系列首作《本陣殺人事件》，而五月又在三月間創刊的偵探雜誌《LOCK》月刊，開始連載戰前所塑造的名探「由利麟太郎探案」系列之《蝴蝶殺人事件》。

這兩部長篇都是戰前罕見的純粹解謎為主題的本格偵探小說。尤其是前者，其和式建築的密室殺人設計之發明與成功，成為一股力量，令三九年之後，不得不改寫非偵探小說的作家重獲信心，回到推理創作園地，並且還使一群年輕人加入推理創作陣營。

推理小說復興後的主流是本格。如「戰後五人男」中，除了撰寫秘境冒險小說的香山滋和文學派的大坪砂男兩位，島田一男、山田風太郎以及高木彬光三位，都是從解謎推理小說出發的。

日本推理小說史上，戰後期是指一九四五至五六年的十二年。戰後五人男的「戰後」，實際上是指大戰結束後第三年的一九四七年。這年發表處女作而登上推理文壇的新人不少，最具創作成就的即是他們五位。他們與兩年後的四九年登龍的鮎川哲也、日影丈吉、土屋隆夫三位，就是戰後派的代表作家。

鮎川哲也與土屋隆夫屬於本格派，一生只撰寫解謎推理小說，日影丈吉雖然是文學派，其長篇都是解謎推理。這三位戰後第二期作家的共同特色是孤高寡作，頗受讀者愛戴。

但是他們在推理文壇確立作家地位，與戰後五人男相較，晚了數年，須待到一九五七年以後。原因除了作家本身的作品不多之外，一九五〇年以後，混亂的戰後社會漸漸恢復秩序，不正常的出版社林立，也須時代考驗，不適合生存的即被淘汰，減少大半，作家發表作品的機會，自然也受到影響，推理作家也不能例外。如四六至四七年間新創刊的推理雜誌就有十二種，五〇年以後只剩《寶石》與通俗推理雜誌《妖奇》兩種，由此可知當時出版界情況。

今年時值終戰六十周年，八位戰後派，現在只剩土屋隆夫一人繼續寫作生涯外，其他七位都已逝世了。土屋於去年（二〇〇四）二月，年滿八十七歲時還出版了第十三部長篇《著魔》呢！

土屋隆夫的推理文學世界

土屋隆夫於一九一七年一月二十五日生於長野縣。中央大學法學部卒業後，在三輪肥皂公司上班，之後轉職影片配級公司宣傳部，業餘撰寫劇本。戰後歸鄉（信州立科町）最初在小劇場當經理，四七年任教蘆田中學，業餘仍然繼續寫劇本，選擇推理創作為終身職業前的土屋是演劇青年，其作品曾經獲得「信濃每日新聞社腳本獎」。這段時期所創作的劇本有三十餘篇。

一九四九年，對土屋隆夫而言，是生涯中最大的轉捩年。事因是：

江戶川亂步有一篇很有名的評論，題為〈一名芭蕉的問題〉，芭蕉不是水果名，是日本傳統定型短詩的俳句文學大師（一六四四～一六九四年），他是將當時庶民遊戲詩（俳句）的品質提升到文學境界的俳句革命者。（同樣是傳統定型詩的短歌，又稱和歌，是當時的貴族文學）。

這篇是江戶川為第二次偵探小說藝術論論戰而寫的評論。第一次論戰在一九三六～一九三七年間，本格派甲賀三郎與文學派木木高太郎是事主，參與論戰的作家、評論家不在少數，各說各話沒有結論。終戰後，木木重新主張偵探小說可成為最高藝術（本文篇幅有限，不能詳述兩次論戰的內容與經過），因此江戶川亂步針對這問題提出見解，同時也表達了自己的推理小說觀。

此文主旨為，推理小說如果出現芭蕉級大師來改革，推理小說的品質自然而然會成為藝術；不必紙上談兵，期待這樣大作家的登場，並鼓勵木木去做芭蕉的工作。事後，土屋隆夫讀了這篇評論，決心放棄劇本創作，撰寫推理小說。

於是一九四九年，土屋把推理小說處女作〈「罪孽深重的死」之構圖〉投稿四月舉辦的「《寶石》百萬圓懸賞比賽」，十二月獲得C級第一名。這次為《寶石》創刊三周年而舉辦的紀念徵文，可以說是日本推理小說史上最盛大的一次。向讀者簡介如下：

《寶石》於一九四六年四月創刊後，即舉辦短篇推理小說徵文，當年十二月便發表七名不分等級的入選者。上述的香山滋、山田風太郎、島田一男三位就是這次的入選者。（第二、三屆沒有得獎者）。這次比賽是第四屆，與以往不同之處是分為A級（長篇）、B級（中篇）、C級（短篇）三種。得獎者一共有十四位（作品十五篇）。土屋之外，鮎川哲也（長篇第一名）與日影丈吉（短篇第二名）都是這次得獎者，可見這次徵文是成功的。

在日本，不止是推理作家，大多數小說家默默地創作，始終只向讀者提供其作品，不發表自我的文學觀。但是，土屋隆夫卻不同，是一位稀有的、樂以公開自我推理小說觀的小說家。他在〈私論・推理小說是什麼？（一九七二年二月，發表於《現代推理小說大系第十卷》）〉一文的冒頭說：

「想要研究一位作家的話，首先要閱讀他的處女作。因為裡面隱藏著想要知道他的重要關鍵。他，第一次站在出發地點時的姿勢，與其後跑完全程時，並沒有多大變化。」

這意謂處女作是該作家的原點，古今中外，雖有少數例外，很多作家以身作則證明過了，不必多言。那麼土屋隆夫的出發點〈「罪孽深重的死」之構圖〉，與之後五十多年的作品關係如何呢？

湯本智子是孤兒，大戰中喪失母親和弟弟。之後寄居在伯父泉弘人家裡。弘人是畫家，三個月前妻子道江突然服毒自殺，沒留下遺書，死前只說「我的自殺是罪孽深重的死」，由此，被認定是自殺。湯本智子來訪的八天前，弘人留下一幅題為「罪孽深重的死」之繪畫而自殺。其自殺現場與「罪孽深重的死」的構圖很類似。

這天早上八點半，湯本智子來訪伯父的友人美術評論家相原俊雄。故事是從智子的訪問寫起，全篇以第三人稱單視點記述，上述的故事分為六章節，奇數節由作者說明故事、偶數節由智子與相原的對談形式進行。故事不複雜……如果再寫下去，恐會揭開謎團，只可以說全篇是針對上述兩起自殺事件的推理、解謎，最後作者還替讀者準備了意外收場。

從故事主題而論，是一篇結構很精緻的解謎推理小說。誠如作者在其處女長篇《天狗面具》裡所揭櫫的偵探小說論：「簡單說，偵探小說是除算的文學。其實，把很多謎團除以名偵探推理後，其結果不可有任何餘數。」亦即十分著名的「事件÷推理＝解決」公式。

另從故事的包裝而論，它不具當時之本格派的浪漫性與怪奇性。是一篇寫實、樸素，具文學氣息的作品。

九年後，土屋隆夫才獲得出版處女長篇《天狗面具》的機會，這段時間，總共發表三十三篇解謎推理短篇，平均兩年發表七篇。在日本，這樣的創作量不止在推理文壇，就連在大眾文學文壇而言，都算是非常寡作，但是每篇均是水準之作。

寡作之外，加上五十多年來一直居住在信州農村，過著名副其實的「晴耕雨寫」的生活，與東京文壇不往來的不同流俗的孤高性格，獲得多數推理小說迷的肯定，推崇為解謎推理大師。

二〇〇一年，土屋隆夫獲得光文Scheherazade文化財團主辦的第五屆日本推理文學大獎，此獎是日本推理文壇唯一的功勞獎，贈與對日本推理文學有貢獻的作家或評論家。由此，也可知土屋隆夫在推理文壇的地位。

這次筆者為了撰寫本文，重新仔細閱讀了〈「罪孽深重的死」之構圖〉後，按其出版順序，讀了土屋隆夫五十多年來所創作的十三部長篇推理小說。發現了「土屋推理文學」自處女作以來，一直由兩大要素所構成。

第一就是：事件除以推理等於沒有餘數的解決之謎團設計。

第二就是：以寫實形式包裝故事，使虛構的故事具現實感和文學氣息。

這兩大要素的成分比例，雖然每篇作品有異，但是越後期的作品，文學氣息濃厚是不容否認的事實。

揭開「土屋隆夫推理小說作品集」的真面貌

這次，土屋隆夫授權商周出版社，在台灣發行中文版「土屋隆夫推理小說作品集」全套十三部（編按：自二〇〇六年起，本作品集改由獨步文化繼續出版）。按作者的發表順序簡介如次（括弧內是解說執筆者的姓名）：

1.《天狗面具》，一九五八年六月出版。以戰後的封建農村（牛伏村）為背景，地方選舉勾結偽宗教而發生的連續殺人事件為主題的不可能犯罪型推理的傑作。是一篇值得肯定的社會派推理小說的先驅作品。（橫井司）

2.《天國太遠了》，一九五九年一月出版。十八歲的少女，留下一首正在社會上流行的厭世歌謠〈天國太遠了〉的歌詞而死亡。自殺抑是他殺？厭世歌詞暗示什麼？事件背後的動機又是什麼？不在犯罪現場型的社會派推理小說。（村上貴史）

3.《危險的童話》，一九六一年五月出版。假釋出獄的青年，在女鋼琴老師家裡被殺，兇器從犯罪現場消失，投書給當局的明信片上的指紋意味著什麼？童話詩的故事暗示什麼？不可能犯罪型解謎推理小說。土屋隆夫的代表作。（小椰治宣）

4.《影子的告發》，一九六三年一月出版。百貨公司的電梯上升到七樓，最後的男乘客突然說了一句「那個女人……在……」而倒地死亡。在三樓參觀書道展的千草檢察官被捲進事件。不在犯罪現場型解謎推理小說，土屋隆夫的代表作，日本推理作家協會獎得獎

作。千草檢察官系列的首作。（山前讓）

5.《紅的組曲》，一九六六年十二月出版。桌布上三個0的血字、在溫泉旅館發現的紅色睡衣以及紅色封面的日記本等，一連串的紅色之謎對連續殺人事件有什麼暗示？不在犯罪現場型解謎推理小說。千草檢察官系列的第二部作品。（大野由美子）

6.《針的誘惑》，一九七〇年十月出版。幼兒被綁票，母親帶贖金到嫌犯所指定的現場，卻在眾人的監視下被刺殺，沒人目睹兇手。綁票小說的懸疑加準密室殺人的不可能犯罪型解謎推理的傑作。千草檢察官系列的第三部作品。（吉野仁）

7.《獻給妻子的犯罪》，一九七二年四月出版。因車禍失去性功能的「我」，在打惡作劇電話時，被捲進犯罪事件。由於好奇心，「我」積極參與解謎。作者從本篇起，作風丕變，本篇的基底雖是解謎，卻摻入冷硬、懸疑、犯罪等推理小說子領域的諸多要素，文學氣氛很濃厚。（新保博久）

8.《盲目的烏鴉》，一九八〇年九月出版。以短篇〈泥土的文學碑〉為底本改寫的文學性濃厚的長篇。一名評論家在小諸車站消失，數日後，在千曲川河邊發現其上衣、小指以及寫有「烏鴉」的紙片。又，劇作家在東京的咖啡館說了「白色烏鴉」而死亡。兩件與烏鴉有關的事件，是否有關聯。千草檢察官系列的第四部作品。（千街晶之）

9.《不安的初啼》，一九八九年十月出版。在製藥公司董事長宅的庭園，女傭被姦殺。兇手是醫科大學教授。有名譽又有地位的教授，為什麼做出這種沒廉恥的事件呢？動機的解析是本篇的主題。千草檢察官系列之異色而最後一部作品。（山前讓）

10.《華麗的喪服》，一九九六年六月出版。全書記述一個帶著四歲女孩被綁票的少婦，與綁票兇手如何一起逃亡。謎團是這名年輕人為何要綁架這名少婦，也是一篇很難分類的愛情、懸疑、犯罪的混合型小說。（權田萬治）

11.《米樂的囚犯》，一九九九年七月出版。推理作家被大學時代當家庭教師時的女學生綁架監禁。監禁期間，作家的徒弟被殺。學生為何監禁老師，監禁事件與殺人事件是否有關聯。是一篇探討犯案動機的解謎推理小說傑作。（鄉原宏）

12.《聖惡女》，二〇〇二年三月出版。內容與架構都非常異常。土屋隆夫在本篇以說故事的身分出現。他從一名有三個乳房的「聖惡女」聽來的奇怪犯罪生涯，除了用小說的形式記述之外，還在故事裡露面講評事件。（末國善己）

13.《著魔》，二〇〇四年四月出版。土屋隆夫發表處女作〈「罪孽深重的死」之構圖〉以來，已歷經五十六年，這第十三部長篇，總之是回到長篇的原點了。這次的偵探是《天狗面具》裡的配角土田巡查之子土田警部，職階是刑事課長。這是一部文學性加不在犯罪現場型解謎的推理傑作。（景翔）

這十三篇導讀，由當今推理文壇最活躍的評論家分別執筆。筆者相信台灣讀者，可由此獲得很多啟示，不管創作或閱讀皆然。希望讀者珍惜這次難得機會，好好地來閱讀這套「土屋隆夫推理小說作品集」。

二〇〇五・六・六

本文作者簡介——傅博

文藝評論家。另有筆名島崎博、黃淮。一九三三年出生，台南市人。於早稻田大學研究所專攻金融經濟。在日二十五年以島崎博之名撰寫作家書誌、文化時評等。曾任推理雜誌《幻影城》總編輯。一九七九年底回台定居。主編《日本十大推理名著全集》、《日本推理名著大展》、《日本名探推理系列》以及日本文學選集（合計四十冊，希代出版）。

推薦序

小說的推理　推理的小說

楊永良

前景

「推理小說即詐術的文學。」——土屋隆夫

在魔術師面前的美女為何突然淩空漂浮起來呢？放進玻璃杯內的硬幣為何消失了呢？為什麼魔術師能夠猜中撲克牌呢？高木重朗在《魔術心理學》中指出人類心理的漏電現象，越是告訴自己不願掉進陷阱，反而就越掉進陷阱。人的心理充滿了錯覺與先入為主的觀念，因此容易受到誤導。

以最簡單的魔術來說，例如夜市馬路邊的一個老人，他讓小紙團在空中飛舞，照著他的只是一盞小小的燈泡。若將謎底拆穿，其實，讓紙團飛舞的道具是黑色的尼龍絲，要讓尼龍絲不被看到，適度的黑暗是必要的。黑暗不僅讓人看不到尼龍絲，而且減弱了人的理性。但是，人總是會懷疑黑暗的，所以魔術師不能將燈光調得太暗。

如果魔術師只有這樣還不能當魔術師。魔術師知道人會懷疑黑暗，因此他在桌上擺一盞檯燈，打開開關後，燈亮了。接著，他將燈泡轉離燈檯，但是燈泡卻依然亮著，而且還能在空中飛來飛去。魔術師知道你懷疑黑暗，所以他故意使用點亮的燈泡當道具。

高木重朗說，推理作家江戶川亂步的小說中不但經常出現魔術，而且他也經常邀請魔術師（包括高木重朗）到推理作家協會去表演。所以推理小說家其實就是小說的魔術師。

近景

有的推理小說看完了就不想再看。但是有的推理小說卻散發出高貴的文學氣息，讓人倘徉在文學的森林當中。兩、三年前，有一個日本作家在《讀賣新聞》的青少年版中向青少年大力推薦土屋隆夫的推理小說。他說他在中學時，每看完一本土屋隆夫的小說，就會期待下一本趕快出版。但是我們知道，土屋隆夫算是一個慢工出細活的少產作家。而且他是目前日本「本格推理小說」界的代表。他曾說過：「本格推理小說就是推理小說中的楷書。」這句話有多方面的涵義，我們先從本格推理小說談起。

「本格推理小說」一詞，大部分的台灣文壇皆直接引用，或翻譯成「傳統推理小說」，但是我認為應該譯成「正統推理小說」較為適當。因為日語「本格」的原意是「正式」，或可引申為相對於旁門左道的「正統」。

土屋隆夫說：「偵探小說就是除法的文學。」也就是「事件」除以「推理」等於「解決」。這句話的真意就是，作家在小說中的種種佈局、伏筆、懸疑，在解開謎底之後，必須全部解決得一乾二淨，不能留下絲毫的矛盾或疑團，而且不能讓讀者想出更佳的解謎方式。這就是「本格推理小說」。

遠景

再回到「本格推理小說就是推理小說中的楷書。」一語。土屋隆夫認為，現在很多推理小說家寫作態度不夠嚴謹，就如同楷書還沒寫好就先寫行書或草書。我並非書法家，不知道楷書與草書之間的關係。但是有一件事是可以確定的——寫楷書不但較費時間，而且一個不懂書法的人也可以判別楷書作品的優劣。

雖然土屋隆夫一再強調本格小說才是推理小說的正統，但是他也主張，所謂推理小說，除了要有「推理」的部分，也要有「小說」的部分，而且在他的眼中，推理小說是小說中的一個範疇。也就是說，要成為一篇好的推理小說，也一定要是好的文學作品。

土屋隆夫有一篇文章探討江戶川亂步所寫的〈一名芭蕉的問題〉。亂步在文章中寫出，芭蕉之所以被稱為詩聖，那是因為他將原本是市井小民戲謔寫作的「俳諧」，提升到崇高無比的藝術境界，甚至達到了哲學的層次。江戶川亂步既期待又感嘆地說，推理小說家中究竟有誰能成為推理小說界中的芭蕉呢？土屋隆夫說：「江戶川亂步始終在通俗的作品與崇高的藝術兩邊痛苦地徘徊。」我們不知道土屋隆夫是否也有同樣的心境，但是我們看他的小說，絕對不僅僅是膚淺的解謎推理小說而已。

背景

土屋隆夫的長篇推理小說，從第一篇《天狗面具》到最近的一篇《著魔》，裡面有所謂的本格推理小說，也有幾乎與一般小說無異的《聖惡女》。

小說中有人物，有情節。推理小說要吸引人，通常都會出現帥哥美女，或是有神通的超級大偵探。但是土屋隆夫的小說中的人物，都和我們身邊的人物沒有兩樣。這或許和他對生活的態度有關，他的職業欄上寫的並不是「作家」，而是「務農」。這種晴耕雨讀的生活，無疑的，對他的小說的基調會有絕對的影響。

小說要吸引人讀下去，即使是最嚴肅的小說，基本上要有懸疑性，也就是說要讓人想知道情節究竟怎麼發展？而推理小說就是將這懸疑性發展到最高點的小說。

雖然土屋隆夫強調本格推理小說，但是其實他的推理小說非常注重動機的部分，這動機也就是犯人的心理背景。在他縝密地分析犯人的深層心理之後，作品的深度自然就增加了。另一方面，他並不主張社會推理小說，但是他的作品卻非常具有社會性。我們看了他的小說，總會感受到生命或生活中極為深沈的黑暗部分。

全景

土屋隆夫自己說過，要了解一位作家，最好熟讀他的第一篇作品。而且他又說，作家好像是在圓周上的孤獨跑者，從處女作品出發，最後再回到了處女作品。不過，作為今日推理小說界的大將，他的作品雖然讀者各有所好，但幾乎都是讓人不忍釋手的作品。

要了解土屋隆夫推理小說的全景，最好還是看完他的全集吧。

本文作者簡介——楊永良

一九五一年出生，專攻日本學，日本明治大學法學博士，現任國立交通大學通識教育中心教授。曾任交通大學通識教育中心主任、中國文化大學日本研究所所長，台灣日本語文學會會長。近作《日本文化史——日本文化的光與影》（語橋出版社）。

專訪

尋訪土屋隆夫

詹宏志推理文學行旅

經過長達兩年的交涉，和日方出版社光文社多次的會議與拍攝景點實地勘景之後，商周出版終於完成了臺灣推理小說出版史上，首次以影像呈現「尋訪日本本格推理小說大師土屋隆夫以及作品舞台背景」的創舉，由詹宏志先生帶領讀者進入土屋隆夫堅守本格推理創作五十年的輝煌歷程，親炙一代巨匠的典範風采。（本文第三十六、三十七頁涉及《影子的告發》、《天狗面具》的詭計。）

（詹宏志先生（以下簡稱詹）訪問土屋隆夫先生（以下簡稱土屋），敬稱略。）

詹：土屋先生，在西方和日本像您這樣創作不斷卻又寡作，寡作卻又部部作品皆精的推理小說家，非常罕見。在寫推理小說之前，您讀過哪些本國或是西方的推理小說？有哪些作家、作品是您喜愛的嗎？您覺得自己曾經受哪些作家影響嗎？

土屋：我沒有特別受到其他作家和作品的影響。我記得三歲的時候家裡的大人就已經教我平假名了。當時日本的書籍或報紙，只要是艱深的漢字旁邊都有平假名，我就這樣漸漸學會難懂的漢字。等於我三歲開始識字，五歲就會看女性雜誌了（笑）。上小學時——日本是七歲上小學——我就已經開始看大人的作品，也就是很少會標注平假名的書。我大量地看書。一開始，我看時代小說，這類作品看了很多。後來念中學、大學的時候，因為沒有閒錢也不能四處遊玩，便去東京一個叫神保町的地方，那裡有很多舊書店，堆滿了許多便宜的舊書，我買了很多書看。我從那些書裡讀到了喬治・西默農的作品，他的作品深深感動了我。到那時為止的所謂偵探小說，都是老套陳腐的名偵探與犯人對決的故事，西默農的作品則截然不同，令我非常感動。我想如果我也能寫這樣的東西該有多好。日本從前的偵探小說總是用很突兀離奇的謎團、詭計，解謎是偵探小說的第一目標。然而西默農卻更關注人的心理活動，即使不以解謎為主，也可以寫成偵探小說。我感受到他的這種特色，而且也想嘗試看看。

後來我畢業了，當時正值日本就業困難之際，謀職不易。我想應該得先找到工作，總得糊口。所以我進了一家化妝品公司上班。日本有個叫歌舞伎座的劇場，那裡會上演一些舊的歌舞伎戲碼，那家化妝品公司和歌舞伎座合作宣傳，招攬觀眾入場。因此我當時的工作就是看歌舞伎表演，本來要花錢看的歌舞伎，對我而言卻是工作。看著看著，我覺得創作也許很有意思。當時有一個叫松竹的演劇公司專門演出歌舞伎，他們有一個讓業餘人士參加的劇本選拔企劃。我一天到晚都在看歌舞伎，覺得自己應該也能寫劇本，因而投稿，結果稿子入選了。所以我覺得或許能靠寫歌舞伎劇本為生。此後我真正努力的目標，應該就是劇本的創作了。

正當我學習創作劇本時，戰爭爆發了，這時哪還輪得到寫劇本呢。我也曾被徵召入伍，當時和我同齡的夥伴，有百分之八十以上都死了吧。只有我還這麼活著，好像有點對不起他們。

我回到農村以後，沒別的事情可作。我父親曾是學校的老師，但當時已經去世了，只剩下我母親，我們生活很困苦，因為那是什麼工作也沒有的時代。所以當時就有了黑市，比如買來便宜的米再高價賣出，便能賺很多錢。有個從黑市賺了很多錢的暴發戶建了一個劇場，雖然劇場建好了，他可是一點都不知道如何才能從東京將明星請來。而我曾經在東京的歌舞伎界工作，認識很多演員，所以他雇用我去邀請他們，於是我從東京請來演員在我們這裡的劇場演出。除了歌舞伎演員之外，我還請來話劇演員和流行歌手等等。我就以這個工作維持生計，但又覺得這也不是長久之計。

有一天我看到《寶石》註[1]雜誌刊登一則有獎徵文的啟事，徵求偵探小說，當時不叫推理小說，而叫偵探小說。我以前就想寫時代小說、偵探小說和劇本，只要是在稿紙上寫字就能賺到錢的話，我什麼都能寫。我回想起在讀西默農作品時的想法，因此寫了篇偵探小說參加比賽。我當時的投稿作品便是〈「罪孽深重的死」之構圖〉，是一篇短篇，並且得了頭獎。在那之後我便開始寫推理小說了，所以我並不是基於某個明確目的，不過是迫於生計而開始寫作的。對我而言，這是個輕鬆的工作，只要寫小說就能生活，天下沒有比這更輕鬆的工作了。總之，我並不是看了哪篇作品而深受感動以後才寫作，它只是我維持生

註[1]日本推理小說雜誌，自一九四六年四月創刊至一九六四年五月停刊為止，共發行二百五十期，是日本戰後推理小說復興的根據地。

計的方式。不過在寫作的過程中，我看到了江戶川亂步先生的小說，他是日本著名的作家。他曾經在文章中提到：推理小說也可能成為優秀的文學作品。日本有俳句，即用十七個字寫出的世上最短的詩，松尾芭蕉在十七個字裡，濃縮了世間萬象。如果能用芭蕉的智慧和匠心，說不定推理小說也有成為至高無上的文學作品的一天。我看了這段話深受感動，心想，那我就好好地寫推理小說吧！我是這樣進入了推理小說的世界。

詹：您提到了喬治西默農，他是用法文寫作的比利時作家，我覺得千草檢察官看起來有點西默農的味道，但是，西默農是七天寫一部小說，而您是十年才有兩部作品的作家，也有很多地方不一樣。我搜索記憶中的例子，覺得英國女作家約瑟芬・鐵伊（*Josephine Tey*）也許差可比擬。她從戰前一九二九年的《排隊的男人》（*The Man in the Queue*）寫到一九五二年的《歌唱的砂》（*The Singing Sands*）總共只有十一部小說（用時間和比例來看，您更是惜墨如金的少作了），數量不多，質量和成就卻很驚人。我特別感覺到，您和她的作品都在本格的推理解謎中帶有濃郁的文學氣息。先生曾經讀過鐵伊的作品嗎？

土屋：嗯，讀過。但是現在不太記得了，不過我想我應該讀過《時間的女兒》。不過我基本上沒有受到外國作品的影響。

詹：日本推理小說的興盛是在大戰之後，距西方推理小說的黃金時代已有半個世紀。西方的黃金時代是自十九世紀末就開始的。那麼推理小說的形式、技巧、特別有意思的詭計設計，或社會現象的發掘，西方作家已經做得非常非常多，幾乎開發殆盡。而日本的推理小說，不管是本格派還是社會派，您認為它是如何在這種已經遠遠落後的局面中，發展出它獨具特色的推理小說？如今在全世界的推理小說發展中，日本是最有力量的國家之一，不僅擁有國內的讀者，在國際上也有獨特的地位。您覺得日本推理小說和西方推理小說，有些什麼不一樣的地方嗎？

土屋：很多人都說我是本格派作家。本格派是以解謎為中心，那麼，詭計是不是會用盡？很多人都寫過密室殺人，已經沒有新意了。那麼，本格派就已經沒有市場，沒有新東西了，也就是說，本格派推理小說要從這個世界消失了。這樣的說法，從幾十年以前就出現了。以前日本有一本叫《新青年》註[1]雜誌，是一本以偵探小說為主的雜誌。每年都有人在上面寫：偵探小說就要沒了！偵探小說就要消失了！可是，偵探小說從來沒有消失，它流傳至今，並源源不絕。為什麼？以我自己的作品為例，我獨創了幾種詭計放在小說裡，都是沒有人使用過的。也就是說我一個人就能設計出詭計，而日本有一億幾千萬的人口，大家都來寫推理小說的話，就會有一億幾千萬個詭計。所以我一直認為詭計不會絕跡，因為人的思考能力是無限的。不肯思考的人會覺得沒得寫了，肯思考的人就會覺得無邊無際。我對推理小說充滿期望，還有很多嶄新的詭計尚未被使用呢。

詹：剛才先生提到寫作的起源時，說到您在劇場對創作劇本也很有興趣。現在在新版的文庫版註[2]裡，也有您寫的推理獨幕劇。既然您這個興趣由來已久，為什麼在戲劇上的

註[1]日本雜誌名，自一九二〇年一月起至一九五〇年七月停刊為止，共發行四百期，是日本戰前偵探小說的重要根據地。
註[2]日本光文社的新版紀念版本，共九本。

發展這麼少呢？

土屋：我寫過電視劇，以前曾經幫NHK寫過三十七、八個劇本呢。但是我現在住在鄉下，沒有辦法多寫戲劇，因為沒有演員也沒有劇場。以前我也曾經在戲劇雜誌上發表劇本，但是未能上演，寫了卻不能演出的話，也就缺乏動力了。不過我也曾好好地寫過一陣子，在世界大戰剛結束時，東京著名的一些劇作家曾經因為疏散而住在我家附近，他們辦了戲劇雜誌，我也在上面發表了幾個劇本。但是沒有辦法在舞臺上演出，在這種鄉下只是寫寫劇本，然後發表在沒什麼名氣的戲劇雜誌上的話，會消耗自己對戲劇的熱情。如果我一直在東京的話，就會堅持下去；但回到鄉下以後，沒有舞臺、演員、導演，我的熱情便漸漸冷卻了。但是，即使是現在，如果哪個一流的劇團找我寫劇本的話，我還是會寫的。

詹：您提到因為讀了江戶川亂步的文章而激起了創作推理的熱情，我也看過您在其他文章中談到，您曾經寫信給江戶川亂步，提出您對松本清張的評價，您也寫過追思亂步的文章。我很想知道您和江戶川亂步的私人友誼、交往的情況。而您今天又如何評價江戶川亂步在日本整個推理小說發展中的位置？

土屋：江戶川亂步先生在日本是非常受人景仰的人物。他是非常博學廣聞的人，不光只是偵探小說而已，他什麼都懂，就像個大學教授一樣。我在參加《寶石》雜誌的小說比賽得獎之後，第一次接到江戶川先生的信。在那之後，雜誌因為經營不善幾乎面臨倒閉，江戶川先生自掏腰包付稿費給作者，自己當編輯，讓雜誌能夠經營下去。他的編輯工作包括向作者邀稿等等，他也曾寫了很多信給我。他是一個凡事親力親為的人，雖然身居高位、又是日本最大牌的推理作家，卻親筆寫信給我這個住在鄉下、默默無聞的小作者；而且每一封信都相當鄭重其事，我們就這樣持續著書信的往返。記得我寫出第一篇長篇小說後，因為住在鄉下，不認識出版社的人，也不知道哪裡能為我出書呢！那部作品就是《天狗面具》。因此我的朋友將這本書引介給他認識的出版社，這書就這麼出版了。可是我是一個無人知曉的作者，又是第一次出書，便覺得應該請一位名人替我寫序，為我的書作介紹。於是我便想拜託江戶川先生。雖然心想像江戶川先生這樣有名的人，怎麼可能替我的書寫序呢？但凡事總得試試，我便去拜託他，沒想到江戶川先生說：「好，什麼時候都行。」這是我第一次去東京見江戶川先生，他家在立教大學附近。見了面之後，我便拜託他為我作序。

不久以後，我寫了《影子的告發》，一樣是在《寶石》發表，這篇作品獲得日本推理作家協會獎。當時江戶川先生已相當病弱，但在協會獎的頒獎典禮上，他老人家還是出席，在台上親手頒獎給我。這就是他最後一次出席該獎的頒獎典禮了，之後，先生臥病在床，不久便仙逝了。總之，我與江戶川先生的交往，基本上是以書信往來為主。再微小的事情，只要問他，他總是認真回答。到目前為止，我從未見過像他那般卓越，卻又如此平易近人的人，對我來說他真像神一樣高高在上。不論問他任何小事，他都立即回信。這樣的大作家真是少見，真是位高人。

詹：千草檢察官是您創造的小說人物，可能也是日本推理小說史上最迷人的角色之一。他和眾多西方早期福爾摩斯式的神探很不一樣，既不是那種腦細胞快速轉動的思考機器，也沒有很神奇的破案能力。他和您剛才提倡的西默農小說裡的馬戈探長有些類似，比較富於人性，是比較真實世界的人物，生活態度很從容。可是我覺得千草檢察官比馬戈探長更有鄉土味，像是鄰家和善長者。他的技能只是敬業和專注，靠的是勤奮的基本線索整理，以及他的員警同事的奔走幫助。他注意細節，再加上點運氣，這是很真實的描寫。不像那種比真人還要大的英雄，這種設計有一種很迷人的氣質，甚至讓人想和他當朋友。西默農的馬戈探長是用七十部小說才塑造成功，而您則是用了五本小說便留下了一個讓人難忘的角色。那麼，千草檢察官這個角色，在您的生活當中有真實的取材來源嗎？就好像柯南·道爾寫福爾摩斯的時候，是以他的化學老師貝爾當藍本，千草檢察官是否有土屋先生自己的影子在裡面？您和千草檢察官相處這麼多年了，您能否說一點您所認識的千草檢察官，談一下這個角色的特色。

土屋：千草檢察官在我的小說裡的角色是偵探，這個角色首次出現在《影子的告發》。日本作品中的偵探，往往都是非常天才的人物，看一眼現場，就像神仙一樣地發現了什麼，然後又有驚人的推理能力——「啊，我知道誰是犯人了！」這就是從前的偵探小說。但我認為世上並不存在這樣的神探。日本的偵探一般就是刑警和檢察官，特別是檢察官，他們一般都能指揮刑警，讓他們四處調查，他們有這樣的權限。在日本發生犯罪事件時，檢察官可以去各地調查，這是法律賦予他們的權限。我心想如果讓檢察官當小說主角的話，他就可以去任何地方進行調查。而如果讓刑警當主角的話，比如說是長野縣的刑警，就只能在縣內活動，如果要去縣外，就得申請取得許可，否則無法展開行動。而檢察官呢，法律賦予他權力，他可以四處調查，這樣的角色比較容易活用吧？這就是我以檢察官當主角的理由。從前日本書中的偵探都像神仙一般，我覺得很沒意思，還不如那種就在我們身邊，隨時可見，也能夠輕易開口和他攀談的普通人。但就算是這種普通人，只要認真地調查案件，也能逼近事件的真相。我就是想寫這樣的角色，不是那種神奇的名偵探，而是在家裡還會和太太吵吵嘴的普通人，我想要這樣的人來當主角，所以我創造了千草檢察官。正如您所說，他沒有任何名偵探的要素，只是一個普通的平凡人，這是我一開始就打算創造的人物。他能被大家接受和認同，我感到非常高興。這讓我知道原來在小說中也可以有這樣的偵探。

詹：我想再多問一點有關千草檢察官的同僚。例如大川探長、野本刑警，或是《天國太遠了》裡的久野刑警，也都是很真實很低調的人物，都有很重的草根味，就像您說的他可能出門前還會跟太太吵架。像刑事野本，看起來好像是一個一直在流汗的老粗，但是他又有很纖細敏感的神經，看到霧會變得像個詩人。他具有一種很有意思、很豐富而飽滿的角色設計。這個同僚也和西方的神探組合，即神探和他的助手這樣的對照組合不太一樣。神探好像總是超乎人類，而他的助手代表了平凡的我們，助手說的話，讀者讀來都很有道理，等到神探開口之後，才知道我們都是傻瓜。可是野本刑事和千草檢察官好像不是對照的方式，而是像剛才先生說的這種團隊的、分工的、拼圖的，他們用不同的方法尋找線索，慢慢地拼湊起來，整個設計不是要突出一個英雄。這真的和西方的設計很不一樣，您認為這是東西文化的差異嗎？東方的創作者才會創作出這樣的概念嗎？您可不可以多解釋一下像野本這樣的角色？

土屋：一般的作品都是要設計出福爾摩斯和華生這樣的組合，這也不錯。而我在創造了千草檢察官以後，就設想該由什麼人來擔任華生這個角色，考慮之後，就設計出野本刑事這個角色。我在作品中最花費力氣的部分是千草檢察官和野本刑事的對話。日本自古就有漫才[註1]這種表演，一個人說些一本正經的話，另一個人則在一旁插科打諢，敲邊鼓，逗觀眾笑，我想將它運用在小說之中。當讀者看書看得有點累時，正好野本刑事跑出來，和千草檢察官開始漫才的對話，這麼一來讀者不就覺得有趣了嗎？而就在這一來一往之中，也隱藏著逼近事件真相的線索，那就更加趣味盎然了吧。所以，那確實是在潛意識中想到福爾摩斯和華生而創造出來的兩個人物。

詹：那麼究竟有沒有原型呢？或是有自己的影子嗎？

土屋：呵呵，不、不，他們和我一點都不像的。

詹：先生在作品中常常會引用日本近代文學作品，很多詩句總是信手拈來的，您都是將這些作品的內容融合並應用到推理小說之中，《盲目的烏鴉》就是如此。在我閱讀的時候可以感覺到先生對於日本文學作品非常嫺熟和淵博，並且有很深的感情。這樣的文學修養在大眾小說的作家裡，其實是不多見的。您這麼喜歡純文學作品，為什麼選擇了接近大眾的推理小說的創作？您在大眾小說裡放這麼多純文學的詩句和典故，不會擔心它變成廣大讀者閱讀上的困難嗎？

土屋：我從三、四歲起就開始讀書了，幾乎讀遍了日本的文學作品。像是有很多種版本的文學全集，三十本也好、四十本也好，我全都讀完了。因此我在寫作時，這些東西很自然地便浮現在腦海。哪位作家曾經這樣寫過，哪位詩人曾經寫到這種場面等等，很自然地便會想起從前讀過的內容。因此我認為，如果在我的作品裡引用一些作家的詞句，可以替自己的作品增色，就像是替自己的作品增添點色彩。所以我就借用那些作家的一些文字，或者稍微介紹別人的作品，我覺得這樣挺好的。總之，就是我對文學的熱愛自然流露在作品中吧。還有一點，我曾引用過作品的那些作家，幾乎都以自殺終結此生。例如大手拓次，他耳朵不好，一生都很悲慘，其他我引用過的作家也都以自殺終了。我喜歡自殺的作家。（笑）

詹：關於您在小說裡的一些情節設計，如果回頭看當時寫作的時間，就會發現那些正是當時很流行的話題。比如人工授精、血型等等，這個趣味的地方和使用純文學作品是很不一樣的傾向，這又是怎麼回事？

土屋：那正是所謂的關注「現在」啊，我總不能寫脫離時代太久的東西。別的作家也是這樣吧。

詹：您用到這些題材的時候，是很新、很時髦的。

土屋：因為是寫「現在」，當然會這樣了。

詹：您曾經在《天國太遠了》（浪速書房版）的後記裡寫著：「我想要追求兩者合

註[1]類似中國相聲的日本傳統藝術表演。

一。」即是將推理小說當中的文學精神和解謎的樂趣，您是說想把日本推理文學中的本格派和社會派的對抗，把它從對抗轉成融合。在這些小說的發展之中，這似乎是很難兩全的。可能本格派的世界要比真實世界簡單太多了——就是解開一個謎團；而社會派這種比較複雜的描寫，則可能不太適合抽絲剝繭的解謎。但是，您說要讓這兩者合一，而從您的作品來看，也可以看出您達成了一部分，有一個接近真實的世界，但還是注重一種古典解謎的樂趣，這是非常非常少見的。您可不可以談談您對這一部分的看法？您針對兩者可以合一的創作觀點有什麼想法？

土屋：我似乎沒有特別介意這點。我以前曾經談過松本清張，他也和我一樣嘗試過這種做法，也就是說不止我一個人這麼做，很多人都有這種嘗試。

詹：這種真實性很高的古典本格推理創作的關鍵是什麼？

土屋：我以前看過很多偵探小說，如果問從前那些偵探作家，偵探小說最大的樂趣是什麼？也許他們會回答：是非常出奇的詭計設計，別人還沒用過的出奇詭計設計，那才是偵探小說的生命；但我不這樣認為。依我看，這個世界上的犯罪者也是和我們一樣有著普通智力的人，詭計也是這些人思考出來的。詭計不該是非常離奇的，而應該是在我們身邊的，只不過人有時會懶於思考或是思考不周，結果便失敗了。這不正是偵探小說的有趣之處嗎？這是我的看法。我至今從未設計缺乏真實性的詭計。我曾對一個評論家說過，我所寫的詭計都是自己實際驗證過的，這點令他覺得很有趣。例如，我曾經設計使用照相機構成的詭計，看起來像是今天拍的照片，實際上是昨天拍好的，這個詭計就在《影子的告發》

裡。要這樣做有很多種方式，比如將照相機的日期往回推之類的，而我則是拍好這張照片，然後翻拍，形成一種不必去現場而看起來像去過了現場的假象。總之這些都是我自己實際驗證的。翻拍的照片和普通拍攝的照片究竟有何不同呢，總之我全都一一實驗。又比如《天狗面具》裡，運用了神社祈福驅邪時神官拿的拂塵。如果在那拂塵的竹棍上開一個洞，用滴管注入毒素，是否就能將毒下到別人的茶杯裡呢？因為驅邪時人們都低著頭，若是茶裡被下了毒，應該沒人會知道吧？我想用這個方法設計詭計。事實上，我找了一根竹棍，開了一個小洞，上面綁了白紙，然後把太太叫來，讓她就像神社裡請神官驅邪時那樣在我面前，然後我告訴她我倒了茶給她，她嚇了一跳，問我什麼時候倒的茶？我說妳不知道？她說一點兒也不知道。我心想這個詭計用得上了。我的詭計都是經過這樣實證的，很真實，我不會寫不可能發生的詭計，但是我也曾經碰上糟糕的事情。有一次，我寫了一部有關中元的作品，所謂中元就是夏天時送禮給人的日子。中元禮品都是由百貨公司包裝的，如果我另外買一份，然後包裝好，請百貨公司的人發送，結果，吃了這份中元禮品的人死掉了。這可是百貨公司的人發送的禮品，和我完全無關吧？任誰也不會知道我是兇手。沒想到在我的周圍發生了類似的事件，有人吃了從百貨公司送來的中元禮物，結果吃壞肚子。當時雜誌上已經刊登這篇作品，我覺得這真是太糟糕了。讀過這篇作品的人對我說，有人因為看了你的文章，所以跟著做了。我真沒想到有人會用我作品中的手段，那一定是偶然吧？結果對方居然說，莫非就是你做的？我與那人根本毫無關係。因為和那人沒關係，所以警方沒有懷疑我，但是發生了與我所寫的手段同樣的事情，真有這種事呢！也就是說，我的詭計是十分真實的，誰都可以模仿照做。如果是非常離奇的詭計，就沒有人能模仿了，但我的卻是誰都可以做到。雖然偶爾發生類似的事件，讓我覺得很為難，但我還是認為，只有帶有真實性的詭計才可以用在小說裏。

詹：從讀者來看，您就像一個隱者，長期居住在這長野的山中，過著晴耕雨書的生活，很少出現在公眾場合或比較熱鬧的地方。大家對您的生活都很好奇。晴耕雨書，您真的是有一塊田地嗎？是種稻米、種蔬菜嗎？還是這塊田地只是文學上的一種比喻？能否談一談您在家鄉這種平靜的生活？您有那麼多的機會，為何選擇住在長野縣？這種生活與您的小說有怎樣的關係？

土屋：呵呵，這裡是我出生的地方呀。我們家族是從德川時代便移居至此的，算起來有四、五百年了，每一代都住在這裡。我家門前古時候叫中山道，是從東京可以直接步行走到京都的路，也是從前的諸侯到東京拜謁將軍時會經過的路途。當時的諸侯得組成諸侯行列，從很遠很遠的地方徒步前去拜謁將軍。率領自己的部下去東京見將軍，得花費很多錢。將軍擔心手下積累資金謀反，因此讓他們花錢來見自己，也是安定天下之策。諸侯領著眾多部下浩浩蕩蕩走來，一天走五、六十公里，總不可能一直走，他們需要休息住宿的地方。為了好好休息，也為了晚上不被偷襲，所以有「本陣」這種地方當作他們的驛站。從我祖父的爺爺那代起，我家便經營本陣，從四百五十年前起，我們家族便一直住在這裏。我年輕時曾在東京工作，之後發生戰爭，我歷經了兩次徵兵。戰爭結束，我回到家鄉之後，便沒離開過，一直住在自己家裡。我還會種地呢，以前身體更好的時候，我種過稻米，也種過蔬菜，現在老了，揮不動鋤頭了。到五十歲為止，我都一直種菜過活，現在是我太太在種，家裡吃的蔬菜都不用花錢買。我習慣這種生活，現在叫我去都市，身體已經無法適應了。我一天花七、八小時看書，我沒有一天不看書。還是現在的生活方式最適合我，也最輕鬆。儘管不是說要特別贊這樣的生活，可是如果問我為何要過這樣的生活，我還真想不出答案呢。因為我就是順其自然，不知不覺便已經是這種生活了。

詹：您經常在作品中寫到家鄉，長野的很多風物和場景都出現在小說中，例如小諸、藤村碑、懷古園等等，那些場景替作品增添了真實的色彩，也在詭計中扮演重要的角色。每次讀完，都像是走了一趟信州，就像個導遊一樣。我的編輯同事就說，讀過您的書再來到長野縣，好像每個地方都活了起來，因為書裡想像的世界和真實的世界相遇，激發了很多樂趣。您之所以選擇這些長野縣的場景，只是因為熟悉，還是有特別強烈的意識？

土屋：簡單來說，就是我只會寫自己知道的地方。別的作家會出門旅行，會去很多遙遠的地方，然後再以那些地方為舞臺。但是我不會，我是非常懶散的人，我懶得出外旅行，所以只能寫自己周圍、我所熟悉的場景。

詹：您已經花了了五十年的時間在寫推理小說，這個文類在全世界擁有許多讀者，以及許多努力的創作者，對您來說推理小說最終、最深層的樂趣究竟是什麼？

土屋：嗯……我好像沒有這麼深刻的感受。當初我想寫時代小說，後來不知不覺地寫起推理小說了，當然江戶川先生對此事是有影響的。不過要問我怎麼會選擇推理小說？可能還是因為容易寫吧？（笑）

詹：您在全世界都有很多追隨的讀者，特別是一些推理小說的精英讀者。這次商周出版社出版了您的長篇小說全集，這可能是臺灣第二次介紹您的作品。這次看起來是更加用心和大規模。我在臺灣看到很多推理小說的讀者，比如我認識的一些教授、法官，他們通常對讀的東西很挑剔，他們一般不讀推理小說，但是讀您的作品。讀者層次之高，令我印象深刻。我想問一下，您有什麼話對臺灣過去和未來的讀者說呢？

土屋：真有那麼多讀者看我的書嗎？（笑）我覺得不會吧。以前在臺灣出版過兩本我的作品，是林白出版社，出了兩本，那以外都是盜版，是開本很小很小的書，出了好幾本，去臺灣旅行的人曾當禮物買來送我，那是好久以前的事了。我曾經想過為什麼臺灣的讀者會讀我的作品？我很感謝大家能讀我的作品。可是，我真不覺得會有很多人讀呢。

詹：經過這次商周出版社的推廣，臺灣的很多讀者可能會因此而想到長野縣，他們會受到小說的影響。土屋先生會對從臺灣來的讀者有什麼建議？到長野縣之後，應該去哪裡玩？應該吃什麼東西？

土屋：真的會有人來嗎？（笑）其實，我從前去過臺灣呢，戰爭以前我的伯父在臺灣當律師，我還記得他住在台北市大同町二丁目三番地。而且他在北投溫泉那裡有別墅，後來他就搬過去了。臺灣的香蕉很好吃啊。

詹：希望您有機會能去臺灣看一看、玩一玩。謝謝土屋先生。

二〇〇五・七・五下午三時

於長野縣上田東急INN酒店會議廳

本文作者簡介——詹宏志

名作家、電影人、編輯及出版人。一九五六年出生，台灣南投人，台灣大學經濟系畢業。PC home Online網路家庭國際資訊股份有限公司董事長、電腦家庭出版集團和城邦出版集團之創辦人、台北市雜誌商業同業公會理事長。曾於一九九七年獲台灣People Magazine 頒發鑽石獎章。

作者的話

土屋隆夫

此次，由台灣的商周出版社出版包含我的主要長篇作品共十三卷的作品集（編按：自二〇〇六年起，改由獨步文化繼續出版），令身為作者的我非常開心。

我在一九四九年寫了生平的第一篇短篇〈「罪孽深重的死」之構圖〉，入選了當時的偵探小說專門雜誌《寶石》的徵文比賽，踏出了推理作家的第一步。

自此已經過了五十五年的長久歲月，但是我對推理小說的基本看法迄今未變。

決定我走上推理小說作家之道的契機是江戶川亂步先生所寫一篇名為〈一名芭蕉的問題〉的文章。江戶川先生在文章中指出：「對推理小說而言，謎題或邏輯是不可或缺的要素，從這點來看，推理小說是與一般文學大不相同的小說形式。」但是另一方面卻也提出這樣的看法：「要寫出能夠稱為第一流的文學作品，卻又不失推理小說獨特趣味的推理小說，是非常困難的事情。但是，我並不完全否定成功的可能性。」

總之，雖然非常困難，但是的確有可能將以解謎為重點的推理小說提高到藝術的境界。

截至目前，先不談自己究竟能不能成功，但我一直朝著追求解謎為主的推理小說的獨特性，以及同時也是出色的文學作品的艱難目標，一路奮鬥過來。

回顧一路走來的推理小說作家生涯，不敢說自己已經實現了當初的夢想，但是全十三卷的作品集，每一部都是當時的我的心血結晶。

五十五年的作家生涯，我雖然一心一意地寫著以謎團為主題的推理小說，但是我感覺在近年來自己稍微擴大了謎團的範圍，在詭計等的邏輯性的謎團之外，也開始重視起犯罪的動機與心理的謎團。

身為作者，希望讀者在享受各部作品之餘，如果也能從這部作品集感受到作者作風的微妙變化，對我而言將是無上的喜悅。

二〇〇五・八

序章。天皇居住的村落

遠道尋訪牛伏村
翻山越嶺路崎嶇
雖遜都市嬌嬌女
荳蔻少女也搗米
山地姑娘美又佳

昭和初期，村裡的青年團與婦女會首創牛伏音頭[註1]，在小學操場舉辦發表會的日子，場面是多麼地熱鬧且令人熱血沸騰。然而到了今天，還有幾個人仍然記得那一天的事呢？

那一天，團員們敲擊的太鼓聲從搭設在操場中央的舞台上，傳遍了依舊被朝霧包圍的牛伏村各個角落。

聲音傳至左右的山側之後反彈，重疊著流入每一戶人家。

人們像是被催趕一樣，陸陸續續集中到操場來。當時擔任青年團長的池內市助，將難以壓抑的熱情握進雙拳之中，見人就拍打肩膀，並且這麼叫道：

「看看那個人啊！喂，大成功哪！對不對？我們成功啦！」

註[1]一種日本民俗歌謠形式，由多數人一起唱和。

然後他一次又一次衝進廁所，偷偷一個人練習花了一整晚寫好的「牛伏音頭發表致詞」。

到了近中午時分——在操場足足站了五個小時，沉迷於太鼓聲當中的人們，在看到宣告大會即將開始的三發煙火陸續盛大地打上天空時，興奮的情緒到達了最高點。

青年團長池內市助站上舞台，準備發表開幕致詞，但是群眾之間響起的熱烈掌聲，卻讓他光是撐住搖搖欲墜的身體就竭盡全力了。花了一整晚準備的草稿完全派不上半點用場，他只能不停地重覆相同的話。

「我們那個、為了牛伏村的文化，那個、因為熱愛村子……熱愛村子的文化……我們擁有犧牲性命在所不惜的決心……」

善良的人們對於市助不斷重覆的相同致詞，依舊毫不吝惜地報以熱烈掌聲。他甚為滿足，在搖晃不已的視野當中，看著底下蠕動的黝黑人群，品嚐著一種泫然欲泣的感動。

來賓致詞大同小異，皆盛讚歌詞的優秀，村長甚至表示：「我確信這是全縣最富藝術性的音頭」。

接著發表由團員與婦女會員編排的舞蹈，村人們也在不知不覺中加入，當舞蹈的圈圈擴大到整個操場的時候，牛伏村全體已經完全籠罩在濃濃的暮靄當中。

真是個美好的時代。這並非指生活上的富裕，而是因為人們的心中還保有悠閒自在與鄉居生活的情緒。

這麼說的證據是，只要看看戰爭結束之後，同樣由青年團出版的〈牛伏時報〉上刊載的以下投書即可明白。

「牛伏音頭真是一首沒有品味的歌，我認為青年團應該開會討論廢止這首歌。翻山越嶺路崎嶇，這種歌詞只是在毫無意義地誇示本村的交通不便和文化落後而已。託這種歌詞的福，牛伏村才會被鄰近的女性排斥，聽說近來幾乎沒什麼人願意嫁到這裡來了。至於荳蔻少女也搗米，這句歌詞又算什麼？自古以來，搗米就被視為令人卻步的重勞動，而這個村子裡連荳蔻少女都強壯得能夠搗米，為這種事自豪也已經是過去的事了。現在這種時代，腿胖腰粗、矮冬瓜似的山猴女，有誰會喜歡？而且仔細想想，荳蔻少女也搗米，這句歌詞其實是相當淫穢下流的。侮辱女性也太過分了。牛伏村的諸位女性，請各位挺身而出，一同聯手放逐牛伏音頭吧！」

不出所料，這份投書在牛伏村的青年團當中引發了贊成與反對的對立意見。

女性陣營裡，廢止的意見壓倒性地居多。

「山地姑娘美又佳，我覺得這種歌詞反映出要娶就娶勤勞的女人這種農村的古老思想。我們女性才不想一結婚就陷入無止盡的勞動。而且這首歌一點都沒有男女平等的民主觀念，有很多歧視女人的地方，所以我反對……」

民主——這個帶著神明般的權威與神祕的詞彙，喚起了團員們內心極大的共鳴。

「這麼說來，的確是不民主呢……」

「因為是戰爭以前的歌，所以很封建哪。」

「那，我們來做一首民主的牛伏音頭怎麼樣？」

「這不錯。我們可以公開招募，祭出千圓獎金如何？」

在這樣的氣氛當中，青年團決議放逐牛伏音頭了。

就在這一瞬間，過往的一切都煙消雲散了。昔日在暮靄朦朧的校庭裡手拉著手舞蹈的人們，有誰能夠預料到今天這種情形？

當時的青年團長——現在擔任村會議員的池內市助，從兒子伍郎那裡聽到這件事，悲憤不已地大叫起來。

「這些混帳！現在的年輕人懂什麼？不民主？胡說八道！只有嘴巴會說，啥事都不會做。聽好了，這首歌可是讓村長大為感動，保證是全縣最富藝術性的音頭啊！藝術這種東西，是非常了不得的。藝術這種東西，不是隨便什麼人都能做得到的。聽到了嗎？藝術耶！過去的時代，每個人都懂得藝術……啊啊，活久了真是沒好事……」

市助就這樣站起來。一股猛地湧上胸口的情緒，難過地揪緊了他的心，讓他當下決定，要是不喝上一杯，實在無法沉住氣。

「我要出門了。今天晚上有區長的協商會……」

他對妻子阿幸說完，不待回答，就迅速而粗魯地一把打開前門。

牛伏村整個沒入濃濃的暮色當中。明明已是三月上旬，卻依舊寒風刺骨。最近村裡唯一的一家酒店「千鳥」開張了。它位於山丘另一頭的鄰村入口處。

池內市助用手巾包住臉頰，走上雜木林中蜿蜒曲折的道路。兩旁茂密的芒草穗正隨風搖擺。他朝著看不見的空間，用力唱起牛伏音頭。

就在同一時刻。

被派駐到村裡的土田巡查註[2]正越過二里註[3]的山路，好不容易來到通往牛伏村入口的地方。

他調任到這個村子才第三天而已，前任巡查因為腦出血而猝死了。

接到鎮上警局的調任命令，以派出所巡查的身份前來赴任的第一天時，在擺滿了家當的卡車上，他發現妻子正一臉不安地注視著周圍的群山，於是以盡可能明朗的聲音開口了。

「不用擔心，久居則安。而且這裡這麼悠閒安靜，住在山裡也不是什麼壞事啊！」

然而不幸的是，他的預言並沒有實現。問題出在這個村裡並沒有牙醫。四十六歲的土田巡查，在假牙還差一個星期就可以裝好的時候被命令調任。他在那個時候，完全沒有想到自己才剛赴任，就必須面對越過兩里山路前往鎮上看牙醫的命運。

回到正題——

土田巡查現在正來到牛伏村的入口處，這裡有個最近才剛建好的火警瞭望台。鐵製的

註[2]巡查為日本警察制度中最低的階級。由下而上依序為巡查、巡查長、巡查部長、警部補、警部、警視、警視正、警視長、警視監、警視總監。

註[3]一里相當於三九二七公尺。

高樓上掛著電燈泡，燈光朦朧地照亮道路。在沒有路燈的這個村子裡，這是唯一的一盞暗夜明燈。

土田巡查的腳踏車騎入這塊孤寂光圈的瞬間，一個男子突然從前方蹦出，嚇得他差點從車上跌下來。

「誰!?很危險啊！」

但是，男子只是默默地站在原地。

「你是誰？現在這種時間，要去哪裡？」

男子一點也不想開口，只是蠻不在乎地站著。不，與其說是蠻不在乎，倒不如說那個男子彷彿正帶著某種沉默的威嚴，凝視著土田巡查的臉。

男子年約三十，穿著骯髒的國民服[註4]，手裡拿著鉛筆和記事本。寬大的額頭下，只有瞳眸綻放出異樣的光彩。

「你這個人很可疑耶，如果有事的話就說啊！」

這個時候，男子初次開口了。

「侍從長[註5]還沒到嗎？」

土田巡查愣了一下，呆呆地看著男子的臉。

「東條[註6]今晚要提交組閣名簿。我們必須立刻盡速撤換內閣，克服這個危機才行。侍從長是怎麼了……」

到了這時候，土田巡查才領悟到這個男子是個瘋子。負有保護民眾義務的警察意識，掠過他的心底。

「侍從長立刻就會抵達。陛下，請您盡快回到大內……」

土田巡查的話效果驚人。男子緩緩地點了點頭。

「好，我這就回去。但是，組閣一定要在今晚完成。」

奇妙的是，這一瞬間，土田巡查的胸中湧出了一股難以言喻的悲壯情感。他由於發自內心的感動，叫住了男子。

「陛下，請您務必保重龍體……」

此時，一個少女從黑暗的另一頭小跑步過來，她看見兩人後，停下腳步。從少女喘氣的模樣推斷，她應該是跑了相當長的一段距離。

「啊，哥哥，原來你在這種地方……」

「他是妳哥哥嗎？」

「是的——他精神有點異常，所以……」

少女難為情地垂下頭去。

註[4]日本二次大戰時，日本男性做為日常服裝及禮服穿著的衣服。為政府提倡的「國民精神總動員」之一環，從顏色、樣式到外套、帽子、鞋子皆有詳細規定。

註[5]掌理宮內廳侍從職，負責保管御璽及國璽、天皇身邊事務、以及宮廷內皇族等事務的長官。

註[6]東條英機（1884～1948），軍人及政治家，東京人。一九四一年組閣，身兼陸軍大臣與內務大臣，發動太平洋戰爭。戰敗後成為A級戰犯，被送上絞首台。

「這樣啊，有沒有去醫院……？」

「那個……他平常都很安靜地在家躺著，也不會動手打人……所以前任的警察先生也說在家裡休養比較好……」

「什麼時候發病的？」

「我哥哥本來是在村公所工作的……戰爭快要結束的時候，有人檢舉他是赤色分子……」

「赤色分子？」

「就是共產主義者，結果就被憲兵隊抓去，過了兩三天，他們說哥哥生病，把他放回來了，我們正高興著，沒想到哥哥竟然變成這樣……」

「原來如此……」

土田巡查瞭解了一切的情況。

當時瘋狂地大逞淫威的憲兵隊，對這個青年施加了什麼樣的壓力，毋需多問。這個青年在精神從正常陷入異常的瞬間，醒悟到除了將自身轉化為天皇之外，沒有其他逃離眼前暴行的辦法。土田巡查深刻地察覺到青年的精神轉變。

「要我送你們回家嗎？」

「不用了。村公所就在附近……」

「村公所？」

「我跟我媽住在那裡打雜……」

原本一直面無表情地聆聽兩人對話的男子，突然撕下記事本中的一頁，遞給土田巡查。

少女難為情地支吾起來。

「那個……請你收下。哥哥都會給他中意的人這種東西……哥哥好像很喜歡警察先生的樣子……」

少女的臉頰浮現淡淡的微笑。土田巡查也跟著苦笑，接過男子手中的紙片。不曉得是什麼時候寫的，上頭用稚拙的字寫著這樣的內容：

任命為警視總監。

御名御璽。

「哈哈……這真是出人頭地了。看樣子我不會一輩子都是個小巡查了呢，哈哈哈……」

土田巡查重新停好腳踏車，把那張紙珍惜地收進口袋裡。

「那，你們要多小心。如果發生了什麼事，可以隨時跟我說……」

然後，他再次坐上腳踏車，往派出所騎去。車燈淡淡地照亮遍佈小碎石的崎嶇小徑。只有散落在漆黑的森林陰影中的點點燈火是那麼樣地美麗。他吸起鼻涕，想著在家等待的妻子，以及熱烘烘的暖爐矮桌。

然而，一個不幸正埋伏在數條街外，準備阻撓土田巡查的歸心。

恰巧這個時候，池內市助正被加代夫人（夫人這個稱呼完全不適合這家店，但是她為了要別人這麼叫她，不知不覺中將醉客們完全訓練妥當了）拍了拍背，從酒店「千鳥」蹣跚地步上夜路。

遙遠的前方，一道微弱的燈光靠近過來。

老實說，池內市助還沒喝夠。他的口袋裡，還有一筆黃昏時賣到黑市的米錢一千五百圓。他之所以離開「千鳥」，可以說是被加代夫人連哄帶騙地趕出來的。

加代一大早就一直頭痛。她正想今晚早點關門回家休息時，市助就闖了進來。接著加代被迫聆聽她一點都沒興趣的牛伏音頭的解說，想要附和獨自悲憤地滔滔不絕的市助，也不是件輕鬆的事。

所以，當市助開始第十幾次講述起音頭發表會的情況時，也難怪加代的眼中會浮現冷漠的輕視之色。

「牛伏音頭會變得怎樣，又有什麼關係呢？年輕人愛怎麼做，就讓他們去吧。喏，已經很晚了，該回去了吧？老婆一定正在家裡暖著被等你呢。」

然後她拍了一下不情願地起身的市助背後，幾乎是把他給推出門去了。

在這種情況下，土田巡查行經此地，完全可以說是一種不幸。市助搖搖晃晃地張開雙臂，擋到腳踏車前面。

「喲，大帥哥，來陪我喝一杯吧！」

下一瞬間，市助的醉眼認清來人穿著警察制服，有些害臊地搔了搔頭。

「啊，是新來的警察先生啊！我是村會議員，池內市助。你來得正好，讓我們一起喝一杯，連絡一下感情吧！和警察先生一起的話，夫人也不會囉嗦什麼了。而且啊，警察先生，我手中握有祕密的情報唷！你知道嗎？我掌握了一個有犯罪可能的事實。嗯，這正好是個機會，就讓我來說給你聽吧！警察先生，這個村子裡的事啊，我全都一清二楚。來吧，一起喝一杯……」

「不了……我要回家了……」

「噯，別這麼說嘛。喏，我知道犯罪的事實耶。警察先生，這個村子即將發生一件駭人聽聞的大事件唷。不，現在就已經發生了。這個村子啊，就要下起子彈雨囉！你聽到了嗎？是下彈雨唷……」

接下來的一個小時，土田巡查被池內市助所說的「祕密情報」搞得焦頭爛額。

依照市助所說——

最近這個村子的村議會即將改選。新的村議會負有重要的使命。也就是說，村議會將決定牛伏村是否要與隔壁的橫手町合併，或者是繼續保持現狀。

村長主張合併。大家都說那是因為橫手町提供了村長莫大的利益。現在的村議會勢力當中，贊成與反對的意見勢均力敵，因此村長想要盡可能多拉攏一些贊成者加入村議會。

然而講述這件事的池內市助，堅決反對合併。市助居住的坂上部落註7裡，一直都只

註7由少數的家庭組成，生產和生活都是一體的農民組織。明治時代實行市町村制度之後，成為市町村的下級組織。

有他一人擔任村議會議員，根基十分穩固。但是村長為了要讓市助落選，竟卑鄙地想要另立小木勝次這個人當候選人。

以往，只要是部落出身的候選人，整個部落的票都會投給那位候選人，這是長年來的純潔習慣。也就是說，候選人的得票數等於部落中有投票權的人數，十拿九穩，絕對不可能落選。

「可是啊，村長卻一派想要踐踏這傳統優美的理想選舉。距離選舉明明還有半年，那些傢伙卻已經開始競選活動了。警察先生，再怎麼說，現在都已經是民主政治的時代了。可是卻有人一下融資、一下送出山上的林木，想要搗亂村落的和平，我池內市助怎麼樣都看不下去。警察先生，請你一定要睜大眼睛，看清楚那幫傢伙的手段。村長那傢伙想要推舉小木勝次那個窮酸工人的話……可惡，我市助才不會讓你們趁心如意。牛伏村可是啊……混帳，青年團那些沒用的菜鳥……哪，警察先生啊，遠道尋訪牛伏村啊，翻山越嶺路崎嶇……啊，山地姑娘啊美又佳……」

池內市助就這樣趴倒在榻榻米上，墜入了夢鄉。

土田巡查一臉愕然地看著這一幕，詢問身旁的加代夫人。

「老闆娘，這個男的到底是……」

「哎呀，討厭啦，什麼老闆娘，都把人給叫老了。喏，要叫夫人……」

「夫人嗎……這個男的到底是怎樣的一個人？」

「怎樣的一個人……？這，每個男人還不都一樣，個個都是大酒鬼，大色鬼。」

「夫人是這裡人嗎？」

「不，別看我這樣，我可是東京出生的。外子是這裡出生的，戰爭的時候，是個手藝高明的師傅。我們在東京相戀，組了家庭，可是被空襲給燒得什麼都不剩了。外子回到家鄉做伐木工人，可是也在前年被壓在樹木底下，一命嗚呼。所以我拿了勞保的錢，開了這家酒店『千鳥』。戰爭悲歌，命名為淚人兒未亡人。呵呵呵……哪，警察先生，我們來喝一杯吧？」

「不用了，我要回去了。這個男的，就讓他睡一會兒吧……」

「有什麼關係？睡鬼加酒鬼。我啊，可是個色鬼呢！警察先生，你長得跟我死去的老公簡直就是一個樣呢！」

土田巡查躲開夫人忽然閃爍起來的黏膩目光，慌亂地奪門而出。他抓住腳踏車的手把，深深地吸了一口夜晚的空氣。

月亮在不知不覺中露臉了。包圍在牛伏村兩側的山脈稜線，有如剪影般朦朧地浮現出來——

各位讀者。

冗長的序章就此結束。作者的意圖，在於敘述相繼發生在這個牛伏村的三件慘劇。

然而，表面上被奇妙的謎團籠罩的三宗連續殺人事件，終究也是這個牛伏村的人情與風土醞釀出來的。

讀者們將暫時與土田巡查一起進入這奇妙事件的漩渦當中，與他共同步上疑惑的旅程。

而且，在一切的真相大白之時，各位一定會醒悟到，這個序章，其實正是解決事件的終章。

第一章。天狗也會發情嗎？

天狗堂的阿鈴變成真的天狗大人了。這個消息傳遍了牛伏村一帶。

這一帶的春天來得較遲，四月上旬櫻花總算開始綻放。事情就是發生在這個時候。漫長的寒冬生活，讓人們的話題也一起枯竭了。可以說在飢渴的人們面前，突然有人送上了這個異常的新聞；而且阿鈴變成天狗這件事，完全符合了人們的喜好。（對他們而言，再也沒有比和自己的生活與感情無關的新聞更沒有意義的東西了。對於教育二法案、遊行規範法等等，他們只會輕蔑地不屑一顧，納悶這種事有什麼好令人激動的。不過如果聽到隔壁家的媳婦嫁過來才三天就逃回娘家的話，他們可是會熱情地滔滔不絕，說上一整天都不會厭倦。）

「既然是阿鈴的話，那一定錯不了。那一家可是天狗的家系啊！」

「可是，天狗大人附身到阿鈴身上去的話，那一家經過一代就會斷絕了吧。」

「胡說八道。這次的天狗大人，絕對是救人的天狗沒錯。證據就是阿鈴只是摸了一下坂上的阿久婆的手，阿久婆的老毛病就一下子痊癒了。」

「就算是這樣，一個晚上就變成天狗大人，這種事可能嗎？」

「怎麼沒可能？以前也有偉大的教祖大人什麼的，一個晚上就突然悟道的事啊。」

有關阿鈴就這樣在眾人的議論紛紛當中，成了牛伏村的明星、奇蹟的女主角一事，需要說明一下。（一個膚色黝黑、嘴唇上翻，而且最重要的鼻子比常人更塌的四十歲處女——以這一帶的說法來說，也就是成不了女人的丟人阿鈴，竟是天狗的化身，這種事有誰會相信呢？）

但是，阿鈴變成天狗這件事，有著強而有力的目擊者。

也就是說，當阿鈴凡人的肉體發揮出天狗的靈力，那舉世罕見的一瞬間，被三個人親眼目睹了。

而且她所得到的靈力，充滿了超越人類智慧的神祕色彩。這件事，在日後藉由阿鈴的信徒們得到了證明。

「阿鈴愛哭鬼、印度鬼、天狗作祟生的小鬼——」

這是三十年前的事了。阿鈴不穿襪子只穿著草鞋，綁成桃瓣形註[1]的頭髮被晨風吹拂著，獨自趕路到一里外的小學去。結果，埋伏在半路的小孩子們追在阿鈴背後，一齊喧嚷起來。

阿鈴緊緊按住揹在肩上的書包，氣憤地加快了腳步，想要盡快甩開孩子們的笑鬧。阿鈴很胖，不擅長跑步，結果聲音緊跟著傳了過來。

「阿鈴，飛上天！阿鈴，飛上天！妳是天狗的話，就飛給我們看呀！」

淚水簌簌地流下阿鈴那又黑又圓的臉龐。我雖然黑，可是才不是印度人的小孩。我愛哭，叫我愛哭鬼也沒關係，可是我才不是天狗作祟生的小孩……而且學校的老師也說過了，天狗才不會生小孩——

但是，無視於阿鈴稚拙的抗議，籠罩了她半輩子的天狗陰影，在牛伏村的傳說當中與日俱增地被刻畫得更加清晰。

實際上，可能再也沒有一個村子像牛伏村這樣，直到今天都還活在如此豐富的傳說當中。

約在信州註[2]的東端，標高二五三〇公尺的蓼科山拖著長長的山腳，結束在佐久高原的一端，四個部落緊鄰日照貧瘠的傾斜地，分佈其中。

換句話說，牛伏村是個連太陽都不願眷顧的地方，它的自然與風土都露骨地反抗著居民們。但是即使是這樣的土地，開拓者們為了生活與家園，依然揮下最初的一鋤，而他們的遺志，則頑強地傳承給如今的居民們。證據就是，土田巡查在赴任第一天到村公所去打招呼時，村長金原松五郎便一本正經地這麼對他說：

「警察先生，這個村子是在神話時代的時候，由建御名方神註[3]所開闢的，是個淵源久遠的村子啊……」

確實，前來探訪的鄉土史家們，一定會為牛伏村豐富的史料驚嘆不已。不管是乾涸的水井，或是傾頹的石牆，居民們都知曉它們的典故與歷史。這裡不存在任何沒有「由來」的東西。而且，老人們敘述這些來歷，最後作出超越人類理解的超自然神祕之結論時，人

註[1]日本在明治、大正時期流行的一種年幼少女的髮型。頭髮兩邊綁成輪狀，形似桃子。

註[2]信濃國的別稱，今長野縣。

註[3]日本神話中的神祇，為開創國土之神大國主命的次子。神話中，他反對將國土出讓給皇孫，與使者武甕槌神較勁失敗，逃到信濃的諏訪之海，閉居此處後歸順。

們會打從內心覺得滿足，同時發出感嘆。

「或許真是這樣。這村子太古老了，就算發生不可思議的事也不奇怪……」

有關阿鈴家與天狗之間非比尋常的深刻因緣，我想可以從以下的事情瞭解——

阿鈴的祖父叫兼吉，在坂上部落算是中流的自耕農。

由於妻子早逝，兼吉總是抱怨沒有女人照顧不方便，於是他的獨子正太郎在二十歲的春天，從鄰村娶了媳婦。媳婦名叫松子，當時十八歲。結婚第二年，他們生了一個女兒，那就是阿鈴。

夫婦倆夫唱婦隨，感情恩愛，兼吉也放下心來，正在盤算該如何享受餘生的時候，發生了一件不幸。正太郎罹患了原因不明的怪病。

原本面色紅潤的他，臉色變得蒼白無比，一天比一天更憔悴。而且不分晝夜，被不安所侵襲，幾乎無法安眠。因此正太郎連日連夜，一刻也不許妻子松子離開自己身旁。只有在身體進入松子白皙柔軟的肌膚當中時，正太郎的心才能得到平靜。然而接踵而至的，卻總是激烈的心悸，讓他的呼吸異常困難。

他被松子抱在懷裡，一次又一次地大叫。

「啊啊，我要死了！我的心臟在身體到處亂竄！」

我們必須知道，心臟神經官能症〔註4〕這種病名，是到後世才出現的。

年輕夫婦之間過分的恩愛，使得正太郎的肉體發出無言的危險訊息，這樣的過程，我們的確是可以抱著同情來理解。（在牛伏村，也沒辦法聽聞貝原益軒註5的排泄論。這讓人忍不住深深覺得，在夫婦生活這類雜誌上撰寫科學性文章的諸位醫師有多麼令人感激。）

這一天。

一個修驗者註6模樣的男子出現在牛伏村裡。他背負的箱子裡，裝著一個古老的天狗面具。手持金剛杖，身穿白衣、長髮披肩的這名男子，毫不猶豫地走進兼吉的家。

「聽說府上有人因病而苦，但依我看，這個家有凶相。再這樣下去，貴公子的性命恐怕將會不保。如果願意的話，我可以施展祕法，調伏諸惡，除去為害病人的邪氣。」

兼吉彷彿著了魔似地在修驗者面前跪伏下來。

祈禱持續了一個星期。

這段期間，不曉得是否真是因為什麼神通靈力，正太郎的病奇蹟般地恢復了。（心臟神經官能症能夠以精神療法來治療，這一點與今日的醫學常識不謀而合。）

兼吉自是大喜。他充滿自信地向村人宣稱，這個奇蹟是來自修驗者所膜拜的天狗面具。

註[4]病人感到心臟部位的胸痛、悸動、呼吸困難、不安、疲倦等，病理上卻查不出任何異狀的狀態。多發生在青年或中年男女身上。

註[5]貝原益軒：（1630~1714）江戶中期的儒學家、本草學家、教育家。

註[6]日本佛教的一派——修驗道的修行者，在山野修行。

「聽說兼吉家住著天狗大人的使者，靈驗無比。」

「不管什麼病都能夠輕易治好……」

「不曉得是從那裡來的，可是聽說他一進村子，就指著阿兼家說『真可憐，看那樣子是沒救了』呢！」

牛伏村的興奮實在不難想像。對於一直活在傳說中的村人們而言，等於是奇蹟在眼前顯現了。他們絡繹不絕地拜訪兼吉家，體驗過極度的滿足與陶醉（儘管這當然是他們自己創造出來的）之後，才踏上歸途。

「我只是讓天狗大人定睛瞧了我一眼，就覺得胸口一陣豁然開朗。回家的時候，連腰痛都去了一半了哪……」

一個老太婆待修驗者唸誦完咒文，便合掌伏泣。

「啊……太感激了。我望著活佛的臉，結果聽到死去的老伴溫柔地在我耳邊說：老太婆啊，妳要活到長命百歲啊。簡直就像做夢一樣……」

（其實，這個老太婆在冗長的唸咒當中，早就打起瞌睡來了。不過，我們不能嘲笑這件事。不就有女孩子把石原裕次郎[註7]的劇照擺在寢室，就宣稱自己懷孕了嗎？）

兼吉的家現在已經變成了天狗大人的大本營了。對於能夠與這位活佛一同起居生活，他感到無上的光榮。但是，這位活佛開始顯示出真正的靈驗，是在一個月之後。

某一天早上。

兼吉的兒子正太郎，一臉不安地掀開兼吉床上的被子。

「發生怪事了。天狗大人跟松子不見了。他們去了哪裡了？」

「是不是去後山啦？昨晚刮了大風，掉了不少栗子啊！」

「可是，只剩下天狗大人的面具，行李都不見了。而且面具底下放著這麼一封信……」

奇蹟在這裡重現了。天狗將人類誘拐到山裡的故事，自古以來就不停流傳。看這情形，松子是被靈力所牽引，化為傳說中的人物離去了嗎？

「信在哪裡？讓我看看。」

父子兩人打開信封，信中的內容正記載著兩人疑惑的解答。

「松子為了防止病癒的丈夫正太郎再度病發，被天狗帶走了。松子為丈夫著想，自願隱沒到羽黑的深山裡頭。若是對此事存疑，騷動鬧事，將有天罰降臨，一家死絕。毋需掛念。只要日夜祭拜留下的面具，祈禱家門興旺即可。後會有期——」

兼吉咬住顫抖的嘴唇，望向正太郎。

「可是這也太過分了。天狗大人是好女色的嗎……尤其是年輕的女色嗎……」

瞬間，正太郎的淚水奪眶而出。松子白皙豐滿的肉體在健壯的修驗者懷裡妖豔地扭動的情景，歷歷在目地浮現在他的眼前。

「松子！」

註[7]石原裕次郎：（1934～1987）電影明星、歌手。小樽市人，一九五六年主演其兄石原慎太郎原作的《太陽的季節》出道，以動作影星、青春偶像歌手的身份活躍一時。其兄石原慎太郎為芥川獎得主，現任東京都知事。

正太郎彷彿要擁抱住幻影中的裸體，往前伸出雙手，接著發狂似地衝出家門。

「正太郎！」

兼吉也跟著跑出去，然而正太郎已經像一隻飛翔的天狗似地，沿著後山的山脊狂奔而去了。

整整一天一夜，正太郎不曉得晃到什麼地方去了。當他憔悴萬分、腳步蹣跚地走進家門時，竟撞到了兼吉吊死的屍體。

阿鈴在兼吉的屍體下睡得不省人事。枕邊放著兩顆飯糰。

正太郎無力地當場癱坐下去。

「啊啊，天狗大人的作祟開始了——」

從這天起，正太郎和阿鈴詭異的生活開始了。

他再也不和村人交談任何一句話。不，他的嘴裡總是唸唸有詞，後來才知道，他是在模仿之前的修驗者所唸誦的咒文。

正太郎的家門前有個高高的小丘，他在那裡建了一座小祠堂。正太郎比以前更加努力工作，但是一到夜晚，他便進入祠堂內，膜拜供奉在正面的天狗面具，然後唸誦咒文。

他溺愛阿鈴，無時無刻都把阿鈴帶在身邊。所以阿鈴也開始學著父親唸起咒文，合起幼小的雙手，對著天狗的面具膜拜。

「隆速泰朗、賜朗方、參朗、扇軌、封前方、生陣方、勃奇方……」

雖然不明白這咒文是什麼意思，但是只有唸誦咒文的時候，父親的臉上會恢復生氣，而看到父親的眼睛充滿神采，阿鈴就會唸得更加賣力。

正太郎過世，是在阿鈴三十歲那一年。日常生活都是由她一手包辦的。但是由於沒有任何人願意來向被天狗作祟的這一家提親，阿鈴渡過了孤獨的青春。

父親死後十年，她獨力一個人工作，耕種三反步註[8]的田。她能夠毫不費力地完成不遜於一個成年男子的勞動量。

「因為她和天狗大人在一起嘛……」

村人如此批評。只有在這種時候，他們才會想起「天狗堂」的故事。

但是，牛伏村的居民們如今應該已經認識到了。在他們的記憶當中，伴隨著若干的輕蔑一同被埋沒的天狗傳說（不管怎麼說，都已經過了將近四十個年頭了），正即將復活在現代。

處女瑪利亞懷下聖靈的異國神話，與牛伏村的四十歲處女阿鈴終於化身為天狗的事實，是如出一轍的。

東西交流之妙，實在教人嘆為觀止。

且說——

註[8]反步為日制土地面積單位，一反步約為九九一．七平方公尺。

坂上部落的池內市助，那天早上領著兩位女性（不過都是年逾六十的老太婆了）前往鎮上，正走在越過山嶺的道路。

豔陽高照，熱空氣從地面升起。初開的山櫻點綴著緊挨兩旁的山側。雪融之後的地面暖烘烘地，暖意輕飄飄地透進衣服裡來。

市助一副樂陶陶的模樣，對兩人開口。

「天氣這麼好，鎮上的戲院一定也大客滿吧。不過妳們兩個，應該沒跟村裡的人說是跟我去看戲吧……？」

「怎麼會？我才不會說那種話呢！對吧？阿繁。」

另一個老太婆用力點了點滿頭白髮的頭。

「真的啦，市助。我們口風可是緊得很的……阿久婆跟我，從以前開始就一直是站在你這一邊的啊……」

說完，兩個老太婆張開沒了牙齒的嘴巴，哈哈大笑起來。市助也跟著得意地一笑。大家心照不宣，用不著說也明白，真令人放心。

（如同各位在序章中所得知的）牛伏村的村議會，今年即將迎接改選期。圍繞著村子的合併案，現在正一片沸沸揚揚。

合併推進派所推出的小木勝次將打破部落的傳統，成為市助地盤的候選人一事，早已人盡皆知。如此一來，對於反對合併的市助而言，等於是賭上政治生涯的一戰即將逼近。

現任村議會議員池內市助帶著兩個老太婆越過二里的山路去看戲，不得不說，這件事是經過一番深謀遠慮的。

因為阿久婆雖然只是部落裡一家雜貨店的老闆娘，但家裡有九個成員；而且她掌握家中大權，兒子媳婦都不敢違抗她的威令，是個女中豪傑。此外還有兩間分家，一切大事都得和本家的阿久婆商量之後才能決定。

（這樣一來，十一票就穩如泰山了。）

阿繁是個寡婦，不過她的兒子到鎮上工作，收入頗豐。她原本是牛伏村的婦女會會長，是村內首屈一指的辯論家。（照這樣看的話——）

「市助，靠我做媒娶到老婆的，光是村裡就有四家哪！」

阿繁伸出皺巴巴的手指，在市助面前比畫。

「四家——四家都是我當的媒人呢！講義理人情的可不光只有俠客，只要我出面拜託的話……」

阿繁一輩子都是這麼靠著她精妙的口才說服別人走過來的。

市助的內心燃起了希望。（照這樣看的話，少說也有十五、六票。請她們去鎮裡看戲，算來是便宜的了。）

忽地，阿繁停下腳步，突然怪聲大叫起來。

「咦，有人倒在那裡！」

他們不知不覺中已經來到遠離部落、孤伶伶地座落在山頭的阿鈴家附近。阿繁指著枝椏延展到路上的老松根部，如此大叫著。

「咦……那不是阿鈴嗎？」

三人一齊跑了過去。

那確是阿鈴沒錯。她的右手抓著平常應該供奉在天狗堂內、不曉得是何時拿出來的褪色的紅色天狗面具，就這樣趴倒在路上。

三人一時屏息注視著趴在地上的阿鈴。

「天狗大人在作祟嗎？」

阿繁顫抖著聲音呢喃。

「死掉了嗎？」

阿繁往後退了一步。

「不，還活著。她在動……」

市助把手放到阿鈴肩上，搖晃了幾下。

「阿鈴，阿鈴，妳怎麼了？喂，阿鈴……」

阿鈴的身體猛然一震。她大大地喘了一口氣，稍微抬起頭來。朦朧微睜的雙眼，做夢似地仰望三人的臉。

「阿鈴，妳是怎麼了？」

阿鈴一臉悲傷地搖了搖頭。

「我也不曉得我是怎麼了……直到剛才，我都還在天上飛……」

阿繁壓低了聲音。

「和天狗大人嗎……？」

阿鈴緩緩點頭。

「嗯……。雲從腳底下流過，風在頭頂吹過，隨著天狗大人的翅膀大大地拍動，好幾座山從我的眼睛底下經過……」

三人的眼中浮現感動的神色。阿鈴的話帶著無可動搖的真實性，打動了他們的心。

（身為牛伏村的居民，是沒辦法把這種話一笑置之的。他們現在正動員自己所有一切關於天狗的知識，把豐富的想像加諸於阿鈴身上，藉此感到無上的滿足。）

「那，妳怎麼會和天狗大人一起在天上飛？」

帶著難以壓抑的好奇心，阿繁坐了下來。

「哪，快點告訴我吧，阿鈴。」

阿鈴一臉困惑地搖了搖頭。

「我自己也不太曉得。那是昨天的事了。我就和平常一樣，在祠堂裡祈禱，因為昨天是阿爸的祭日……。結果眼前突然一片黑，什麼都看不見了。我嚇一跳，想要站起來，結果身體就這樣浮了起來……」

隨後，她發現自己正在天空翱翔。黑暗一瞬間消失而去，明亮的陽光當中，她看見了下界如畫一般的全景。

「我不曉得是什麼時候被放到這裡來的……覺得好像有人在叫我，我才醒過來的。你們三個人這個時候是要去……」

阿鈴說到一半，凝視了他們三個一會兒。

「噢噢，我看到了，看到你們走進鎮裡的戲院……」她呢喃似地說道。

瞬間，浮現在三人眼中那驚訝的神色，真是值得一看。

市助怒吼似地大叫：「阿婆，妳們說口風牢根本是騙人的！」

「胡說八道，我才沒說出去！」阿久婆反駁道。

「就是啊！我跟家裡的人也都保密，只說要去鄰村而已。」阿繁也直言。

市助帶著近乎恐懼的表情，直盯著阿鈴的臉看。（因為去看戲這件事，是他們三個人昨天深夜才祕密決定好的。）

「阿鈴……妳說妳真的看到我們三個人走進戲院的樣子？」

阿鈴一副倦怠的模樣。

「我自己也不曉得怎麼會這樣。啊啊，什麼事情都一清二楚，我自己都覺得不可思議，有點恐怖啊……」

瞬間，三人聽見天狗的振翅聲橫越虛空。他們吃驚地回過頭去，看到穿著國民服的男人頭也不回地跑走的背影。

總是帶著組閣名簿的牛伏村的瘋子天皇——前任村公所職員山森久次郎，看樣子正在享受早晨的散步。

三人鬆了一口氣，面面相覷。

就在此時，牛伏村異常而幾近瘋狂的氣氛化為一股恐怖感，緊緊揪住了他們的心臟。

阿鈴將右手的面具朝天高高舉起，唱起不可思議的咒文來。

「隆速泰朗、賜朗方、參朗、扇軌、封前方、生陣方、勃奇方……」

不知不覺中，他們（別笑，恐怖會讓人類變回喜好真心誠意地祈禱的古代人）對著阿鈴，雙手合十膜拜起來。

豔陽高照。熱氣在地面瀰漫。

有誰能夠預測得到，繼眼前充滿和平的祈禱情景之後，襲擊牛伏村的血腥慘劇將接踵而至？

第二章。死亡狂想曲

訪問牛伏村派出所的人，首先都會因為玄關盡頭處的四個大書架，以及密密麻麻地塞滿了上頭的書籍，陷入一種好像誤闖圖書館的錯覺。

擺在上頭的有世界文學全集、現代日本文學全集以及近代詩大系。

（這件事並不能成為土田巡查不忠於職守的證據。不過，可以說它是土田巡查都過了四十歲還沒辦法升上部長的理由之一。）

但是這天早上，土田巡查在巡邏村子前，忽然興起讀一下芥川龍之介的〈西方之人〉的念頭，和他的職務是有些關係的。

之所以這麼說，是因為土田巡查幾天前收到了來自縣警本部長的命令。

「最近假借宗教自由之名，陸續出現眾多邪教團體。特別是利用無知鄉民的信仰心，恐嚇金錢財物，或違反醫師法進行疾病治療的情形很頻繁，請嚴加留意貴轄區，並取締此類行為，務求萬全。」

是怎麼樣的跳躍性思考讓土田巡查讀完這份通告之後，會突然想讀芥川龍之介所著的〈西方之人〉呢？

（不管怎麼說，一看到這份通告，就立刻聯想到芥川那有關耶穌基督的、充滿了反論與諷刺的片斷感想集，這一點完全證明了土田巡查是個充滿詩意的人。也因為這一點，他應該放棄升遷為巡查部長的希望才是。）

「瑪麗亞只是個平凡的女人。某天夜裡，她感應到聖靈，不久便生下耶穌基督。在所有的女子當中，我們多少都能夠感覺到瑪麗亞的存在。同時在所有的男子當中亦然──」

在牛伏村裡，沒有一天聽不到關於阿鈴的傳聞。可是對於發生在她身上的奇蹟似的變化，又有幾個人抱持疑問？相反的，阿鈴的身邊迅速地聚集了眾多信徒。

如果有人對阿鈴提出批判的意見，他們便會以樸拙的口吻（但是帶著殉教者一般的確信），口齒清晰地如此斷言。

「世上的人啊，都被那微不足道的小智蒙蔽了眼睛，所以才看不出誰才是真正心靈純潔的人。沒錯，從以前開始，阿鈴就被人家說她有點老好人，也有人說她搞不好是白痴。可是啊，阿鈴從小時候開始，就全心全意地供奉天狗大人，拜了四十年哪！這四十年之間，神明都在考驗阿鈴。就算現在阿鈴通過了神明的試煉，也沒有什麼好奇怪的……」

阿鈴簡直變成現代牛伏村的耶穌基督了。土田巡查忍不住苦笑。

（這麼說的話，相當於聖母瑪麗亞的阿鈴的母親松子，是個什麼樣的女人？一般都認為她應該是和修驗者私奔去了，是個有點淫蕩的瑪麗亞……。不，真正的瑪麗亞，或許是阿鈴的父親正太郎才對。阿鈴那異常的性格，不就是從父親盲目信仰的生活中產生的嗎？這麼一來的話，就是我心理學的知識不足了。）

耶穌基督年僅十二歲時，便顯示出他的天才。然而受洗之後，卻沒有一個人願意當他的弟子。走遍各個村落的他，想必一定非常寂寞。不過，終於有四個弟子──而且是四個漁夫，伴隨在他的左右了。耶穌基督終其一生都貫徹他對他們的愛。在他們的陪伴下，耶穌基督轉眼之間成了一個辯才無礙的古代傳教者。

（看到阿鈴初次顯現奇蹟的，據說是市助、阿久跟阿繁三個人。耶穌基督的弟子一開始有四個人……）

阿鈴是傳教者嗎？從對她的評語看來，可以說她有著天生的資質。但是，從第一次去做村內戶口調查的印象來看，阿鈴反倒該說是個沉默寡言、冷漠的女人。與其說是她本人這樣，會不會是信徒們的口耳相傳，才塑造出阿鈴今天這個樣子的……？）

耶穌基督偶爾會行奇蹟。……他的「羔羊們」總是冀望著奇蹟。三次裡頭，耶穌基督也不得不聽從他們的願望一次。他那人性的——太過於人性的性格，也反映在這一面上。然而，耶穌基督每行一次奇蹟，總是會逃避責任地說道：

「是你的信仰治癒了你。」

不過，這一定同時也是科學的真理。

（我們牛伏村的天狗大人的情況又是怎麼樣？我也曾聽說了不少所謂阿鈴顯現的奇蹟。雖然令人難以置信，但是根據情況，或許就如同芥川所說的「科學的真理」那麼一回事。實際上，據說阿鈴家前面的水井的水就被稱做「天狗的神水」，村人當中有人把它當成長生不老、治百病的靈藥，感激不已地飲用。這算違反醫師法嗎？可是，不是阿鈴強制他們喝的話，那就是「你的信仰治癒了你」。碰到耶穌基督，連違反醫師法的罪名也無用武之地了……）

耶穌基督是最有效率的生活者。佛陀為了得道，在雪山裡生活了數年。但是耶穌基督一受洗完，經過四十天的絕食之後，立刻就成了古代的傳教者。他就像一根想要燒盡自己的蠟燭一般。他的所做所為和傳教活動，就如同這根蠟燭的蠟淚。

土田巡查的興致正高昂起來的時候，玄關門突然被一把打開，一個男人一陣風似地跑了進來。

那是住在坂上部落的岩下茂十。總是自任為村內名士的他（實際上，他也是坂上部落的前任消防分團長），臉色有些驚慌。

「警察先生，大事不好了！我家的綿羊昨天晚上被偷了！」

茂十氣喘吁吁地擦了擦汗。

「哦……失竊案。……綿羊一隻是吧……」

土田巡查翻開報案登記簿，在櫃台桌子前坐下，先點了一根香菸。

「警察先生，那可不是普通的綿羊啊！那是在郡上的品評會入選第二等，已經說好要用兩萬五千圓賣出去的啊！我當時是堅持三萬才肯賣啦，不過對方說既然這樣的話，就折衷兩萬七千圓怎麼樣……」

「噯，價錢先姑且不管，關於昨天晚上失竊的狀況……」

「這……其實昨天晚上……」

茂十伸手用力抹了一下汗水淋漓的臉。

「說起來，都是我那老婆大吵大鬧，事情才會變成這樣……」

昨天黃昏時分，茂十被老婆阿常抱怨他太常流連於酒店「千鳥」。阿常的埋怨合情合理，但是她的一句「都這麼一大把年紀了，還迷戀那種醜女人」，讓茂十滿腔怒火，憤然離家。當天晚上他在「千鳥」醉得不省人事，可以說是理所當然的發展。

「在警察先生面前講這種話實在難為情，可是加代夫人她過世的先生，是我以前的同學。想要援助同學的未亡人的男子漢心情，老婆才不可能瞭解……」

總而言之，因為發生這樣的糾紛，只有那天晚上，茂十怠慢了餵綿羊的工作。阿常可能也因為惱火，早早就上床悶進被子裡頭了。

「所以今天早上一起來，我就到屋子後面的綿羊小屋去看看情況。沒想到糧槽翻倒過來，綿羊也無影無蹤了。」

「所以綿羊是……昨天晚上是個明亮的月夜嘛……」

土田巡查的腦海裡，忽地浮現出可愛的小動物在明朗的月光下，為了尋找青草而跳躍前進的身影。

但是，茂十的話打斷了他如詩般的幻想。

「綿羊可是反芻動物耶，警察先生。只不過一天沒餵，不可能就餓到半夜逃出去的。而且，小屋的鎖被打開了。」

「總之先到現場看看吧！我也得和局裡連絡才行……」

「關於這件事啊，警察先生，其實有點不太方便哩……」

茂十突然壓低了聲音。

「是這樣的，本家的阿婆聽到這件事，馬上就說這種失物、遭竊的事，比起找警察，請天狗大人占卜要來得快得多，叫我趕快去拜託天狗大人……」

「本家——這樣說的話，是阿久婆吧？你不是信徒嗎？」

「才不是呢！我覺得那種東西都是騙人的。只是迷惘的心製造出來的幻影罷了……可是既然本家這麼說，我也沒辦法拒絕。其實我已經先叫我老婆過去了，警察先生，可以請你裝作偶然路過的樣子，過去看看嗎？要不這麼做的話，那個囉嗦的老阿婆不曉得會氣成麼樣子……」

「我是無所謂啦……不過原來牛伏村裡，還是有人不相信天狗大人的啊……」

「當然了，警察先生，我認為村子裡的菁英階層，是不應該隨隨便便、毫無理由地去信教的。」

就在這個時候，茂十的妻子突然衝了進來。她的額頭佈滿汗水。

「喂，找到了！綿羊已經找到了！啊啊，我從來沒遇過像今天這麼嚇人的事了……」

茂十急急地叫道：「找到了？在哪裡？誰找到的？」

「天狗大人的占卜說中的。你出門以後，我馬上去了天狗堂說這件事，對方立刻答應要幫我們問問天狗大人……」

「然後……就說中了!?」

阿常吞了一口口水。

「阿鈴對著天狗大人的面具膜拜，拜著拜著突然往前倒了下去，然後用低低的聲音說：看見了，看見了。」

茂十驚愕地凝視妻子的臉。

「什麼看見了，這……」

「看見了……是個晴朗的大草原。有一棵杉樹……綿羊在底下吃草……」

「有杉樹的大草原的話，是八郎山的山腳下。」

「我也這麼想，想說總之過去看看，於是回家的時候繞過去一瞧，真的就和阿鈴說的一模一樣。那隻綿羊也不曉得人家有多擔心，一副悠哉的樣子，嘴巴裡嚼著草——所以我就把牠牽回家，關進小屋裡了。可是，我真的再也沒遇過像今天這麼嚇人的事了……」

「哦……。看見了、看見了……是嗎……」

茂十（這個懷疑主義者的菁英份子，此刻已經無法完全掩飾他那驚異的表情）搖著頭站了起來。

「怎麼會有這樣的事……不過，總之綿羊找到，那就好了……」

「不好意思，還讓警察先生擔心了……哪，至少你也該去跟天狗大人道個謝……」

「嗯，捐獻個一升米好了。……哪，警察先生，就是這麼回事……真是謝謝你了……」

「不，真的用不著道謝……」

土田巡查一臉憮然地回答。其實就在這一瞬間，阿鈴的身影沉重地壓上了他的內心。

他回到起居間，將窗戶全部打開，新鮮撲鼻的嫩葉氣味隨風飄進屋內。他深深地吸了一口氣。

他看見在明亮的陽光當中，茂十夫婦正沿著蜿蜒起伏的小丘斜坡爬上去。土田巡查突然想到〈西方之人〉中的一節。

耶穌基督偶爾會行奇蹟。……他的「羔羊們」總是冀望著奇蹟……

刺眼的初夏豔陽，筆直地照射過來。

土田巡查踩著腳踏車（這個時候，他正在從村公所回來的歸途上），焦躁地苦思創作。因為點綴著牛伏村的初夏風物，放眼望去，實在是一幅打動他的詩心的情景，但是想要創作出一首能夠適切地完全描寫它的俳句[註1]，實非易事。

山村——涼風——雲端——派出所的屋頂從綠葉之間露了出來。警官家旁那繁茂的夏季樹林、嗎……

「警察先生，請等一下……」

一個男人站在塵埃飛揚的路旁舉起手來。土田巡查連忙煞車，但是一看清楚來人是住在坂上部落的小木勝次，便露出不敢大意的表情面對他。（小木勝次身為現任村議員池內市助的競爭對手，一舉一動都受到關注，這件事可以說是村人們的選舉常識了。）

「你辛苦了，警察先生。其實，我聽說了一件有點奇怪的事……我想還是讓你知道一下比較好……」

土田巡查得意地一笑。

「前哨戰也差不多開始了嘛……」

勝次厚實的嘴唇也露出笑容。

「嗯，差不多就是這麼回事。……警察先生，你真是明察秋毫呢……」

接著他突然湊過來，在土田巡查的耳邊壓低了聲音。

「警察先生，今天晚上在天狗堂的阿鈴家，將要舉行惡劣的選舉拉票活動喔……」

勝次擦了擦明明才四十二歲，卻已經完全光禿的額頭上的汗水，悄悄地說出他所謂的「重大情報」。

再怎麼說，坂上部落都是天狗堂的所在地，阿鈴的信徒人數也壓倒性地多。面對這種狀況，愈是這四十年來不斷嘲笑阿鈴的人，就愈對她感到敬畏，而敬畏又會轉換成對阿鈴更加堅定的信仰。信徒們現在已經形成一種慣例，每個星期都在阿鈴家集會一天，並膜拜古老的天狗面具。（村人之間稱之為天狗法會。）

註[1]以五·七·五的三句十七音構成的定型詩，藉由表現季節的特定語句——季題來表現自然風物與人事。

他們唱和著阿鈴吟唱的咒文，雙手合十（至於天狗是神還是佛，這點他們根本不在意），閉目冥思。此時降臨在他們身上的宗教的激情，據說甚至能夠讓阿久婆等人生龍活虎地跳起舞來。

「實在是可笑至極。而且啊，警察先生，他們那些人每天還早晚膜拜阿鈴寫著羽黑山大天狗的紙片，真是愚蠢得教人都說不出話來了。」

「這麼說……你不是信徒了……？」

「開什麼玩笑，村裡的菁英份子，怎麼會去信奉那種瘋女人……」

勝次斬釘截鐵地否認。土田巡查忍不住暗自一笑。（因為他想起岩下茂十也說過相同的話。）

「那，你說的天狗大人和選舉，兩者之間到底有什麼關係……？」

「我就是要說這個。今天晚上，阿鈴家要舉行天狗法會。可是聽說阿鈴她昨晚得到天狗的啟示，說拯救坂上部落的大恩人最近就要出現。阿鈴說今晚要再向天狗大人祈求一次，在信徒面前明白地說出那個人是誰。」

「那麼，也就是阿鈴將要預言坂上部落的救世主是誰囉？小木，搞不好那個大恩人說的是你也不一定呢！」

「警察先生，別開玩笑了。」

勝次更加用力地搖晃他光禿禿的頭。

「阿鈴今晚會說出誰的名字，不用想也知道。」

「哦……？」

「池內市助……警察先生，一定是他的錯不了。最近市助儼然就是天狗法會的中心人物，是那個瘋子教的經理兼宣傳。我不曉得是市助的捐獻讓阿鈴動了心，還是阿鈴被市助利用了，總之，我可是清清楚楚地看穿了，這根本就是他們兩個人串通好的戲碼。」

這還能說不是惡劣的拉票活動嗎？勝次如此主張。（這個時候，他的內心鮮明地描繪出自己當選村議員、牛伏村與橫手町合併、自己當上町會議員等等，光輝燦爛、出人頭地的幻影。）

「我們這些百姓雖然不懂得什麼選舉法，不過我很明白，這絕不是什麼正當的手段。」

土田巡查露出曖昧的微笑。

此時，牛伏村的瘋子天皇——山森久次郎路過了這裡。他就和平常一樣，隨身攜帶小型記事本和鉛筆，但是一看到土田巡查，他便立刻停下腳步行舉手禮。之後他露出憂愁的眼神，直盯著小木勝次的臉看。

勝次厭煩地揮手。

「阿久，走開啦！」

突然，驚人的怒吼震動了兩人的耳膜。

「東條！你這個無禮之徒！」

緊接著，久次郎頭也不回地跑掉了。

土田巡查和勝次一瞬間愣住，然後對看一眼，哈哈地乾笑出聲。

被月光朦朧地照亮的白色道路向前延伸。一到夜裡，風總算也變得涼爽了。

土田巡查的身影拉出一道長長的影子，出現在前往山頭的道路上。

小木勝次白天的一番話，讓他突然對即將在天狗堂舉行的「預言的場面」感到強烈的興趣。

當然，光只是那樣的話，不可能構成犯罪行為。而且如果土田巡查穿著制服訪問阿鈴家並列席，天狗大人也會迴避，不願說出真實的啟示吧！所以他只是想趁著散步乘涼，順便偷看一眼那副情景而已。

穿過坂上部落，阿鈴的家就在登上山頭的道路途中。部落郊外，一棵被稱為夫婦松的老松樹形成的漆黑陰影占滿了整條道路。來到這裡的時候，土田巡查聽見乘著夜風傳來的太鼓聲。

（已經開始了。天狗大人果然還是欠缺不了太鼓嗎？）

規律的太鼓聲，忽地喚起過去兒時的記憶。在故鄉，現在差不多已經是夏日祭典開始的時節了……

但是，土田巡查的回憶並沒有持續太久。一個男人突然從山頭狂奔而下，步履蹣跚地一把抱住了他。

「這不是警察先生嗎……啊啊，好可怕！」

靠著月光看清土田巡查的臉之後，男人上氣不接下氣地呼喊他。

茂十面露因恐懼而扭曲的表情。

「到底是怎麼了……？」

「死……死掉了……市助他……剛才……就在阿鈴天狗的家……」

「嗄……？」

「市助吐了一大口血，倒了下去。」

「然後呢？」

「然後今晚聚集在那裡的信徒，就說要祈求天狗大人救命，把市助的身體放在中央，瘋了似地跳起舞來……」

「醫生呢……總之……」

「阿鈴說不用醫生……可是我想至少還是得通知一下市助家裡，所以……。警察先生，你快去看看！那些人簡直就像瘋子一樣！」

「好，我馬上過去。還有，得馬上叫醫生來才行。」

土田巡查不假思索地快步奔上山頭。

來到阿鈴家前面的時候，激烈地敲打的太鼓聲以及信徒們唸誦咒文的聲音混合在一起，化成了陰森森的合唱，傳進土田巡查的耳裡。

他一語不發地打開門。瞬間映入眼簾的奇妙情景，讓他感覺到彷彿心臟凍結一般的恐懼。

看啊！阿鈴戴著古老的天狗面具，雙手握著幣束註[2]，正站在房間的中央。信徒——約有十四、五人，圍成一個圈圈，雙手合掌，不停地繞行。

圈子的中心，阿鈴的腳邊，牛伏村會議員池內市助的半張臉沾滿了血跡，正躺臥在那裡。

配合阿久婆敲打的太鼓聲，信徒們所唸誦的咒文，宛如一首死亡狂想曲。

「隆速泰朗、賜朗方、參朗、扇軌、封前方、還有白風香摩方……」

註[2]將白色的紙片剪成長條狀，挾在細長的木棒上，一種供神、祈禱用的道具。也稱御幣。

第三章。土田巡查的憂鬱

經過三十分鐘，村裡唯一的一個老醫生山浦醫師抵達之後，才查出市助是被強烈的毒藥毒死的。

在這之前，為了讓這些冥頑不靈的信徒們停止唸咒，土田巡查首先要阿鈴取下面具，暫時將天狗大人的幻影從她的內心驅趕出去，再讓所有人坐下，安撫歇斯底里地哭起來的阿久婆，接著從興奮地大喊大叫的他們口中問出事情的經過。土田巡查究竟經歷了怎麼樣的一場艱苦奮戰（也為了他的名譽），在這裡實在是沒有一一詳述的勇氣。

不過，為了達到目的，我們深愛赫塞註[1]、醉心於斯湯達爾註[2]的土田巡查，會鼓起全身的勇氣，斷然說出「都有人死掉了，還在那裡吵鬧不休的傢伙，小心我全部抓回派出所去！」這樣的宣言，也是情非得已的。（我們可以想像得到，當時猛然湧上土田巡查胸口的，一定是一種自嘲與難耐的羞恥心。其實，即使是這麼叫嚣的瞬間，他依然深信市助是因為發作而病死的。）

經過這樣的一段插曲之後，以下的一些事實逐漸地明朗。

這是發生在兩、三天前的事。

居住在坂上部落的市助、阿久、阿繁三個人，聚集在阿鈴家裡。

註[1]赫曼・赫塞：（Hermann Hesse, 1877～1962）德國小說家、詩人。一九四六年諾貝爾文學獎得主。

註[2]斯湯達爾：（Stendha, 1783～1842l）十九世紀上半葉的法國小說家，本名Henri Beyle，作品長於社會批判與心理分析。

他們聚在一起商量，該如何招攬更多信徒加入天狗法會，然後用信徒的捐獻修理天狗堂，蓋一個拜殿[註3]。

他們因為是第一次目睹阿鈴奇蹟的人，因此比任何人都更熱心於天狗法會的事務。他們幾乎每天晚上都會過來阿鈴家。

那天晚上，阿鈴忽地說出這樣的話來。

「昨天晚上，我在天狗堂祈禱的時候，就像平常一樣，我的眼前忽然變得一片黑暗。結果天狗大人的神諭像風一樣，不曉得從什麼地方傳進我的耳裡，說坂上部落的大恩人就要出現，要我好好保護、提拔這個人，為部落招來幸運……」

「那麼，那個人是誰？」

市助一臉認真地探出身體。

「我聽不清楚名字。不過，我覺得這的確是天狗大人的心意……」

「那樣的話，現在立刻再祈禱一次，問出那個人究竟是誰怎麼樣？哪，阿鈴……」

聽到阿久的話，阿繁深深點頭同意。

「就是啊。這可是天狗大人難得的心意啊！下次天狗法會的時候，再請天狗大人出來一次吧！好吧？阿鈴……」

阿鈴說雖然不曉得辦不辦得到，但是願意試試看。市助似乎對這件事感到非常不安，不過被兩個老太婆說服，不甚情願地同意了。

這個消息，翌日就傳遍了坂上部落一帶。（如同前述，小木勝次馬上就聽到這件事，並且向土田巡查密報了。）

然後，終於到了今晚。

天狗法會一開始就被異樣的興奮所包圍。

因為拯救部落的大恩人，今晚就要由降臨到阿鈴身上的天狗大人預言出來。

聚集在這裡的信徒中，市助、阿久、阿繁自然不用說，自綿羊事件以來，完全傾心於天狗大人的阿常，也帶著半信半疑的丈夫茂十出席。（不過若是沒有想知道預言到底會不會照著大家所說出現的幼稚好奇心、以及本家阿久婆的熱心勸誘，自詡為菁英階層一員的茂十應該不會出席吧！）

此外，瘋子山森天皇的妹妹雪子代替母親出席，這一點也值得注目。恐怕沒有幾個人是像她那樣純粹地祈求天狗大人能夠靈驗吧！母女兩人都把將哥哥從瘋狂中拯救出來的唯一希望寄託在阿鈴身上了。

總而言之，這個地方總共聚集了五個男人、八個女人，合計十三人在場。他們不是一家之主，就是一家的主婦，所以這個數字從坂上部落的戶口數來看，絕不算少。

（作者為了避免讀者感到繁瑣，因此不一一記載他們的名字，不過隨著事件推移，自然而然地就會揭曉了。）

註[3]設置在神社進行禮拜的本殿前的前殿。

「怎麼樣？看大家好像都集合了，要不要開始用茶了……？」

市助環視眾人。

阿鈴接口。

「那，阿常，可以麻煩妳準備嗎？召請就等用完茶後，大概十點左右開始好了……」

所謂召請，就是指阿鈴請來天狗的一種儀式。

與會的人當中，比較年輕的阿常和雪子起身到廚房去了。

約莫九點左右，在裝有一整年都不曾短缺的蘿蔔乾的大碗前，熱鬧的茶會開始了。

唐突地，市助感到強烈的腹痛。劇烈的疼痛甚至讓他倒在地上打滾。

他聲嘶力竭地大叫。

「誰……快拿天狗的神水……」

雪子聞言立刻起身。

屋外有一口水井。市助好像稱它為天狗的神水，他深信那是能夠治百病的靈水。

汲滿井水的茶杯被交到市助手中時，阿鈴插嘴了。

「先別動。市助，讓我來祈禱一番……」

阿鈴將手裡的幣束往市助遞出來的茶杯上一揮。

但是，被饑渴地一口喝乾的天狗神水，卻沒有發揮它的效果。

市助痛苦得更加厲害，最後終於吐一大口血，就這麼昏厥過去了。

阿久忍不住抱起他的身體。

「市助，你怎麼了？」

從市助凌亂的衣物間，滑下一張紙片。阿繁拾起那張紙。

「是天狗大人的護符。咦，上面抹著鼻涕！這個人……！」

（所謂護符，是阿鈴用笨拙的字寫有「羽黑山大天狗」的紙張。）阿鈴的表情轉眼間變得凝重無比。

「是作祟。這是他對天狗大人不敬的懲罰。各位一起向天狗大人請罪吧！只要誠心悔改，市助一定也會復原的……」

就這樣，他們圍繞著渾身是血的市助屍體，開始了奇妙的祈禱。

縱使他們每個人都相信阿鈴的話，但是這對我們的菁英份子岩下茂十而言，實在是難以承受的一副情景。（因為，他連市助的屍體都不敢正視一眼了。）他往後退一步、退兩步，打開阿鈴家的門，然後「哇」地一聲，頭也不回地奪門而出。

「哦，這樣說的話，市助是……」

土田巡查說到一半的時候，村裡的老醫生山浦連同市助的妻子阿幸以及獨子伍郎走了進來。

「警察先生，借點時間……」

直到山浦醫師將老花眼鏡收進袋子裡，出聲叫住土田巡查之前，房間裡都充滿了幾乎令人窒息的沉默。每個人都害怕得不發一語。只有市助的妻子阿幸呆愣看著丈夫的屍首，然後彷彿回過神似地發出哭聲。

山浦醫師把土田巡查叫到房間一角，在他耳邊低聲說了。

「這不是病死，可能是吃了什麼毒藥……」

「毒藥？」

「這是劇毒引起的中毒死亡。會引起這種症狀的毒藥，我一時想不出來……。總之，不是病死或自然死亡。」

「意思是……」

「比起醫師或天狗大人……警察先生，這還比較屬於你們的管轄範圍。」

瞬間，土田巡查的思緒飛快地轉動起來。

不是病死……毒藥……自殺？……不對。市助為了減輕痛苦，甚至想要仰賴天狗的神水不是嗎？……這樣的話，是過失致死？不可能。所有的人都一樣吃了蘿蔔乾，喝了茶。……那麼，是謀殺嗎？如果是謀殺的話，到底是誰？又為了什麼？……不管怎麼說，事情嚴重了。

「那……醫生你現在就要回去了嗎？」

「我待在這裡也沒什麼用。不過到時候我會來參加葬禮的……」

「那，我想麻煩你一件事。你回去的時候，可以順便繞到派出所去，請內子立刻連絡局裡嗎……？」

「我知道了。」

山浦醫師離開之後，土田巡查露出再憂鬱不過的表情，環視在場的眾人。

「雖然很抱歉，不過發生了必須動員警方調查的事件。今晚聚集在這裡的各位，請暫時不要回去，待在這裡。」

「為什麼……為什麼會這樣？警察先生？」

村裡首屈一指的辯論家阿繁挪近膝蓋問道，但土田巡查只是板起一張臉。

「等一下就會有很多高層警員從警局趕來，到時候就知道了。」

然後他就這樣「吁」地吐出香菸的煙霧。

「警察先生。」

阿鈴在遠處出聲。

「嗯──？」

「可以祈禱嗎？」

「他不會復活的，阿鈴。事到如今，做什麼都沒用的……」

「不是的。我只是想祈禱，好安慰死者在天之靈──」

「這個嘛……這樣的話，想祈禱也無妨。可是不可以隨便移動東西。我還有點事要想想。」

阿鈴低沉的唸咒聲響了起來。接著，在座的人也跟著唱和。

陰森森的合唱聽在土田巡查耳裡，簡直就像從地底深處爬出來的聲音似的。

就連市助的妻子阿幸也合掌唱起咒文來了。（她好像也是個熱心的信徒。）

阿幸旁邊，還留有少女稚氣的雪子，也同樣閉著眼睛加入合唱的模樣，教人覺得憐愛。

不過，只有市助的兒子伍郎一個人露出氣憤的神情，環抱著雙臂，凝視房間的一方。他的視線前端，正是雪子那張標緻的臉。

土田巡查覺得這一生當中，再也沒有比此時此刻的這數小時更漫長的了。

吉普車在阿鈴家前停下，熟識的警部和警察醫[註4]蜂擁而入的時候，土田巡查如釋重負地站了起來。

「抱歉來遲了……這山路可真是長啊——」

警察醫驗屍之後，意見也與山浦醫師相同。屍體必須送交解剖，慣例的偵訊程序迅速地進行。然後，當圍繞著牛伏村的群山在明亮的晨曦當中浮現時，池內市助的死亡被認定為他殺，在派出所成立了專案小組。

這天早晨難得瀰漫著濃霧。牛伏村的全景在霧中有如剪影般浮現出來。

走下山頭的一個警官說了。

「這地方還真是不錯呢，哪？土田。」

「是啊……不管往哪看去都是山……」

眾人哄堂大笑。

但是，土田巡查臉上毫無笑容，朝著即將變成專案小組的自宅，無精打采地走在霧氣逐漸散去的路上。

註[4]隸屬於警察組織的醫師技官。

第四章。看不見的手

翌日解剖之後的結果，發現池內市助的死因是由於服用了農業用殺蟲劑巴拉松（**Parathion**）。

戰爭結束之後，透過美國進口的這種農藥，對植物雖然沒有特別的危害，對人畜卻有著猛烈的毒性。當時由於處理不當，在各地都引發了事故。

聽到市助死亡的消息，小木勝次說：「市助也像害蟲一樣地被驅除了啊！」這番話雖然有些不敬，但充滿了像是農民會有的感慨。

調查依照程序進行。自殺的說法自然也被提出來檢討，不過關於這一點，土田巡查提出了他那天晚上直覺感受到的一些事項：

1.市助並不明白自己難受的原因，為了解除痛苦，他甚至想倚賴天狗的神水。

2.市助並沒有任何導致他自殺的家庭問題，當然也沒有留下遺書。

3.從市助的性格來看，他也不是個會選擇自殺的懦弱男人。

綜合這些事項，自殺的可能性被排除在外。

接著是過失致死的情況。由於毒藥是巴拉松這種特殊的農藥，因此可以歸納出以下幾點：

1.巴拉松具有猛烈毒性，這是眾所周知的事實，因此在處理上，每個人都非常地謹慎小心。

2.巴拉松擁有只要少量沾附在皮膚上，就會滲透並發揮毒性的特徵，因此不能隨意帶在身邊。

3.巴拉松是瞬間作用的毒物，它是在阿鈴家被使用的這件事雖然無庸置疑，其他人卻完全沒有出現任何異狀。

從這些地方來看，過失致死的可能性也消失了。

就這樣，關於池內市助的死亡，警方毫無疑問地判斷為他殺。但是，由於這是一宗單純的毒殺事件，警方對於事件的解決抱持樂觀的態度。

被害者的身份確定，場所和嫌疑犯的範圍也受到限定。再加上又發現殺害方法是使用農藥，警方認為找出犯人只是時間的問題。

地方報紙揣測警方的意思，半帶煽動地報導「天狗大人的神力？可望一兩天內破案」，也是這種樂觀論的一種反映。

但是，隨著調查進行，眾人逐漸發現事件意外地被深不可測的謎團重重包圍。與其說是謎團，倒不如說事件呈現出一種近乎不可能犯罪的狀態。

警方首先調查市助本身在事件當晚的行動。

關於這件事，岩下茂十提出以下的證詞——

「內子一直要我去，本家的阿婆也一直囉嗦，說要是忘記天狗大人幫我們找到綿羊的恩情，會遭到天譴，所以那天晚上我才第一次去出席天狗法會。我去到阿鈴家的時候是七點左右，市助好像是最早來的，他說要準備祭壇什麼的，一下準備桌子椅子，一下忙著擺花。」

也就是說，市助當天晚上第一個前往阿鈴家，準備那天晚上預定舉行的「召請」。（就像小木勝次之前告訴土田巡查的，市助最近主動承攬了「天狗法會的經理兼宣傳」的職務。）

說是祭壇，也不過是在農家必備的神棚底下放上一張大桌子，神棚上擺著古色古香的天狗面具，前面則掛有阿鈴自己寫下的羽黑山天狗的掛軸。桌子上的當季花朵散發出芬芳，上頭堆著高高的來自參加天狗法會的信徒的捐獻品。點心一盒、蕎麥粉一升、有時候是捐款一包，恭恭敬敬地供在上面。再想到附近人家聽到傳聞，前來請阿鈴祈禱治病或闔家平安時帶來的供品，不難推斷阿鈴目前的收入應當非常豐厚。

不過警方也不是前來代替國稅局工作的。他們只瞄了一眼供品，理所當然地比較在意市助是否透過某種方法，吃到了當晚的供品。

但是關於這一點，與會者皆異口同聲地表示，市助在九點左右說要喝茶之前，完全沒有離開房間。而且他一直都是眾人的中心人物，參加著談話，如果市助吃了供品，大家應該馬上就會知道，但是市助絕對沒有去碰那些供品。而且當晚的供品——兩盒點心也毫無異狀，完全沒有檢驗出任何毒物。不過，在調查的過程中某些事實跟著也曝光了。每個月捐獻過來的點心，全都由部落唯一的一家雜貨店、同時也兼賣點心禮盒的阿久，以折價兩成的價格收買了。而米和蕎麥粉，則透過山森天皇的母親（在村公所打雜，雪子的母親），賣到黑市去了。

因此，調查的焦點自然集中在包括阿鈴在內的十四個人，是怎麼樣「喝茶」的。七點左右來到阿鈴家的市助，直到斷氣的九點左右之間，除了茶以外，沒有嚐過任何東西。從這一點來看，犯案的時機除了這段時間之外別無可能。不管任誰來看，這都是再明白也不過的事實。

瘋子山森天皇的妹妹雪子與茂十的妻子阿常，自然而然地成了最重要的人物。

雪子進入被當成偵訊室的土田巡查家的起居室，被坐在大桌子前的年輕警部銳利地瞥了一眼後，便「哇」地一聲大哭起來。（市助喝下她準備的茶而死掉這件事，讓這個十八歲的少女覺得自己是被當成殺人犯傳喚過來，這種恐懼讓她才剛進門就嚇得跌跌撞撞了。當時也在場的土田巡查，內心突如其來地湧起一股毫無來由的罪惡感，但這並不能構成他是人道主義者的證據。而是一個晚上就變得如此憔悴的雪子，引發了我們的土田巡查的感傷情懷。）

「妳就是山森雪子嗎？」

「是的。」

「妳也是天狗法會的信徒嗎？以現在的年輕人來說，還蠻稀奇的……」

「是的……那個……我聽說只要虔誠信仰，哥哥的病就會變好，所以……」

「妳哥哥……？妳哥哥生病了嗎？」

「是的……那個……」

支支吾吾的少女把視線轉向土田巡查時，究竟是出於什麼樣的理由，讓他的感傷突然喚起了一股無以名狀的激憤之情？土田巡查用一種挑戰的口氣朝警部大叫。

「這個女孩的哥哥是瘋子！」

「哦……」

「戰爭的時候，她哥哥被憲兵隊帶走，遭到殘酷的偵訊，才會變成那樣。那似乎真的是非常殘酷的偵訊。」

土田在「殘酷」兩個字上莫名用力，但是這個肥胖的年輕警部露出沒什麼興趣的表情，再度注視雪子的臉。

「那，妳為了祈求哥哥的病痊癒，到天狗大人的家去……妳常常過去嗎？」

「不，通常都是我媽去的，不過有時候我……那個，我會代替她去……」

「我想聽聽那天晚上的詳細經過。是誰開口提議喝茶的？」

「是市助先生。平常我們在祈禱開始前後，都會一起喝茶。」

「所以，妳就起身準備茶水……」

「是的。可是……可是，雖然茶是我泡的，可是我只是像平常一樣做而已……下那麼恐怖的毒的人不是我……」

雪子煞費苦心地想要用標準語說話，可是因為太激動，又變成夾雜許多方言的話。語帶嗚咽，拚命地想要喚起中斷的記憶的努力，卻將她逼迫到更加悲慘的境地了。

不過，警部發揮熟練的偵訊技巧，巧妙地迫近事件的核心，逐漸明白了以下的一些事情。但是同時也可以說，這使得調查陣營又更往沒有出口的迷宮踏進了一步。（實際上，當雪子作證完畢之後，這個年輕的警部一臉吃不消地低喃：「這簡直就像沒有犯人的殺人事件嘛！」一個刑警則突然面色沉重地說：「搞不好真的有作祟這種東西。」接著開始說起他在家鄉聽到的因果報應之說，而土田巡查只是一個勁兒地猛抽菸。）

事件當晚，準備茶水的是雪子與阿常。

「差不多來喝茶了吧！」

聽到市助的話，兩人起身到廚房去。跟在她倆身後，市助也走了進來。

「茶杯就用我今天從鎮上買回來的新茶杯好了。信徒的數目也增加了，我想反正一定用得著，就一口氣買了三十個回來……」

市助說道，從廚房的櫃子裡拿出裝在箱子裡的十四個新茶杯。雪子把這些杯子拿到水井去洗乾淨。然後市助把洗好的茶杯放到托盆上，親自送到客廳去了。

雪子用一個大的陶製茶壺泡好茶，阿常則捧著裝有蘿蔔乾的大碗進到客廳時，每個人的面前都擺了一個茶杯，市助正在向眾人發表他捐贈這些茶杯的事。

阿鈴說完致謝的話之後，每個人都理所當然地拿起自己面前的茶杯，稱讚起花紋多麼美麗、燒製的工法如何，把自己關於茶杯的一切知識和感想都講述出來。（市助甚至論說起清水燒[註1]與相馬燒[註2]的不同，還說這些茶杯一個要價三十圓，高高地將之舉起，透過電燈泡的燈光，自賣自誇地稱讚起工法之佳來。）

就這樣，雖然完全出於偶然，卻產生了這些空茶杯全都藉由各人之手仔細檢視過的結果。

雪子把裝茶的陶茶壺放到眾人中央。

「請自己取用。」

「那，我就先用了。」

雪子一說完，阿久婆便往自己的杯裡倒茶，接著茶壺被傳到每個人的手裡，全部都由各人自己倒茶。阿常準備的蘿蔔乾，也附上一雙筷子，同樣被擺在眾人中央。

就這樣，熱鬧的茶會開始了。

數分鐘之後，市助感到強烈的腹痛，而他誠心相信的天狗神水並沒有發揮功效，信徒們唸誦的咒文合唱，就這樣成了死亡送葬曲。

以上的事實，即使向其他十三名在場的人求證，說詞也完全一致。而且茂十的妻子阿常更說出了以下的證詞。

「市助就坐在我旁邊，可是他只喝了一杯茶而已。我想他連一塊蘿蔔乾都沒吃。我要是沒有醃菜就喝不下茶，所以自己吃的時候，想順便幫市助拿一塊，可是他說他牙齒不好，不能吃……」

阿常的話對照解剖後的結果，也毫無懷疑的餘地。

也就是說，綜合以上的證詞，市助在阿鈴家裡，從頭到尾只喝了一杯茶。這麼看來，

註[1]京都出產的陶磁器總稱。江戶時期前半以陶器聞名，後半以磁器著稱。特徵為造形洗練精緻，工法純熟纖細。

註[2]福島縣相馬地方出產的陶器。

為他招來死亡的農藥巴拉松，一定是在那個時候喝下的。

但是對於以下的疑問，卻又找不到任何能令人完全滿意的解答。

「茶杯是每個人自由拿取，並經過檢查的。然後從同一壺茶裡，每個人自行倒茶到杯子裡喝。當然，這些都是在眾目睽睽之下進行的。與酒席不同，每個人都坐在自己的位置，完全沒有移動過。在這樣的情況下，要摻入只是碰到皮膚就有腐蝕性的劇毒，殺害某個特定對象的方法是什麼？」

刺眼的夕陽射入派出所一室裡，警方暫時結束了對十三個關係者的偵訊。警部鬆了一口氣，掃視周圍，此時非常不幸的是，他的目光停留在一臉厭倦的土田巡查身上。這個肥胖的年輕警部由於疲勞與酷熱，正感到有些煩躁，而且找不出解決方向的焦急，更是讓他的神經變得暴躁易怒。

「土田！」

「啊？」

「這個案子你怎麼想？」

「這……目前還不能說什麼……」

「這麼說來，你不是第一個趕到現場去的嗎？卻沒有把他們用過的茶杯立刻收押起來，實在是不可饒恕的疏失……」

「呃……我趕到的時候，那個叫雪子的女孩已經把茶杯全都洗乾淨了……好像是大家圍著市助的屍體說要開始祈禱的時候，那個女孩子就伶俐地說她馬上收拾乾淨……」

「總之實在是太遺憾了。話說回來，從那些人的性格和平常的言行舉止，還有與被害者的關係等看來，你覺得這樁命案的動機應該是什麼？」

「就算問我動機……選舉……」

「選舉嗎？據說是市助的競選對手的那個人呢……？」

「他叫小木勝次……不過那個人當時不在現場……」

「總有那個人的爪牙在裡面吧？」

「我立刻去調查……不過鄉下人的選舉，比起主義或主張，更容易因為一些無聊的原因而變得錯綜複雜……」

警部一副再也受不了地當場躺臥下來。

「錯綜複雜啊。現在的情形是複雜過頭啦！總之，沒有的事不會發生，一定是有誰下的手。是誰在眾人面前幹下這種事？我們就是要把他揪出來。揪出那個擁有看不見的手的犯人……」

土田巡查的額頭流下一串汗水。

這個時候。

酒店「千鳥」裡頭，陪著大白天就光臨店裡的小木勝次，加代夫人已經喝得爛醉如泥了。

這天，勝次到鎮上的肉店去交涉賣豬的事情。商談成立，他懷裡收著訂金，下了山頭，但是來到部落入口處的時候，豎立在「千鳥」前的招牌，讓他停下了腳步。「夏日的味覺，冰涼的啤酒」。（原本只打算喝個一瓶就走，勝次迷迷糊糊地走進店裡，但是現在兩個人的面前已經擺了七隻空酒瓶。）

「你是怎麼啦？哪，小木先生？今晚就讓我喝個爛醉吧！人家好高興呢，因為小木先生這是第一次自己一個人到我的店裡來嘛……」

滿是嬌豔神色的濕潤瞳眸，注視著勝次的臉。

「這……就算是我，偶爾也會想喝喝酒啊！可是怎麼說，因為市助先生之前很常來光臨這家店啊，所以我也不太好進來了……」

「呵呵……想不到你這人還真可愛呢！可是以後就放心了吧？那個人一死，下次的選舉你不用和任何人競爭，就是議員大人了。然後只要和橫手町合併，你就是未來的町會議員了。呵呵呵……小木議員，到時候還請多多關照唷……」

「別、別說傻話了。我都還沒決定要出來競選呢……」

「不行，不許瞞我。我早就從池內先生那裡聽說囉。他還說你是他的頭號強敵……。喏，町會議員先生，來，我們握個手吧……」

「怎、怎麼……夫人的順風耳真教人甘拜下風。嗯，要出來競選這回事也不是沒有啦。到時候，還請夫人也……」

「我知道的。誰叫我是個容易迷上男子氣概的女人，所以總是容易被欺騙。啊啊，真是無趣。小木先生要是當上町會議員，一定就對我這種『千鳥』的媽媽桑不屑一顧了吧！我也沒辦法再隨心所欲地陪你喝酒了。喏，一定是這樣的對不對……」

濕潤的眼睛裡閃爍著怨恨的光芒。即使這對加代而言，不過是已說慣了的陪酒應酬，但是對於年過三十都還只是個小佃農的小木勝次而言，已經足夠讓他慾火焚身了。

此時，在他朦朧的意識當中，別著町議會議員別針的自己，駕車載著加代到附近溫泉勝地遊覽的情景，正如夢似幻地浮現出來。（啊啊，即便能夠爬到那樣的位置就是這個四十二歲男人的畢生夢想，各位讀者也千萬不可以嘲笑他。在牛伏村裡，當上議員就等於是貴極人臣。而成為議員之後，能夠每年數次參加鎮上料亭請來藝妓的宴會，則是村裡男人的畢生宿願。）

「嗳……」

加代的上半身就要靠到勝次的膝蓋上去了。

「這麼說死去的池內先生雖然不太好，可是其實我不太喜歡那個人，又囉嗦，又好色……不過喝了一點酒就裝醉，手馬上摸到奇怪的地方去……」

勝次的喉間咕嚕一響。

「那……夫人和他……」

「呵呵呵……少來了。那種花心的人我才不要。他的手腳之快的……別看他那個樣子，其實他和天狗堂的阿鈴也……」

「阿鈴，和那個天狗大人嗎？再怎麼說，和那種女人也太……」

「是啊，他有一次不小心對我說溜了嘴。他說雖然大家都叫阿鈴天狗大人，把她當成怪胎對待，可是阿鈴出乎意料地是個深情的女人，而且還有具豐滿的身體……」

「可是市助是天狗法會最虔誠的信徒啊！神明和信徒，不管怎麼說都……」

「這可就難說了。四十幾的女人和五十幾的男人，根本不需要什麼技巧功夫。只要兩個一抱，就這樣了。如果我是男人，就絕對不會放著不坐享其成。感情豐富，而且是個沒經驗的處女；再加上天狗大人靈驗萬分，不但少不了供品，還有獻金可以拿。要是可以當上她的老公，根本就高枕無憂了不是嗎？喏，小木先生，你也加入信徒怎麼樣……？」

加代說著，豐潤的手同時柔柔地握住了勝次粗壯的手。此時，一種想法逐漸在勝次的腦海裡形成。同時在另一種感情唆使下，他糊里糊塗地陷入了加代愛慾的技倆當中。

令人遺憾的是，土田巡查沒辦法看到這一幕。這個時候，他正倚靠在警官們撤回警局之後的派出所窗口，一臉疲倦，茫茫然地眺望著螢火蟲飛舞在牛伏村夜空的美景。

第五章。天狗問答

「警察先生，警察先生。」

有人在遠處叫喚。但是土田巡查完全沒有反應。他的心神完全被展現在眼前的奇妙情景吸引了。

一座彷彿被削斷的懸崖峭壁，聳立在土田巡查的面前。絕壁頂上，一棵粗壯的巨松，枝椏延伸到半空中。（最教人吃驚的是）在那突出的樹枝上，兩個人正像鳥類一樣，並肩坐在上頭。

從底下仰望的土田巡查與絕壁樹上的人物之間的距離，少說也有數十公尺，（同樣也令人吃驚的是）兩人的表情和姿態，卻像電影的特寫鏡頭一般，再清晰不過地映在土田巡查的眼裡。（啊！那兩個人是……！）

那兩個人不正是小木勝次和池內市助嗎！

（這已經不可能是現實的情景了。然而樹上的他們倆，卻悠然自得地猜起拳來，土田巡查的狼狽模樣，實在是令人不忍卒睹。）

「剪刀石頭布！」

「平手再重來！」

勝次出剪刀，市助出布。瞬間，勝次的臉上浮現一種詭異的獰笑，同時他伸出右手揪住市助的衣領，一把將他扔到半空中去。

（啊！）土田巡查以為自己叫出聲來了。但是被丟出去的市助，身體卻無視於自由落體的法則，就像在看高速攝影一般，慢吞吞地下降到土田巡查面前。

市助半哭半笑的嘴邊，流出濃稠的血液，而那張染紅的臉，轉眼之間變成了天狗的容貌——

「警察先生，警察先生！」

有人清楚地這麼叫喚自己。這個時候，土田巡查才總算從清晨時分的淺眠當中醒了過來。（他緊緊握住的拳頭裡，滲滿了汗水。）

破舊的防雨板之間，亮白的一道光束射進室內。身邊的信子夫人從被窩裡露出半個身子，好像還在熟睡。（她昨天一整天都忙著招待警官們，累得筋疲力盡了。）

鄰室傳來如雷的鼾聲，可能是前來支援睡在這裡的警局刑警發出的。

土田巡查靜悄悄地起身，打開玄關門。

「警察先生，不好意思把你從睡夢中吵起來了……」

坂上部落的阿繁以一副驚慌失措、卻異樣緊張的表情站著。空中還殘留著夜色，但是外頭已經完全明亮了。

土田巡查眨著睡眠不足的眼睛，望向阿繁的小臉。

「這麼一大早，有什麼事嗎？」

「其實，我昨天晚上一整晚沒睡，一直在等天亮哪！」

「哦……意思是……」

「是有關市助的事。昨天晚上，我忽然想起一件奇怪的事，在意得要命，就再也睡不著了。所以我才……」

「噯，總之先進來吧！」

土田巡查攏起睡衣的前襟，領著阿繁進入玄關右手邊的小辦公室。密閉的房間當中，空氣沉澱而混濁。一打開窗戶，爽朗的風便一口氣吹了進來。土田巡查點燃新生牌香菸，從容地坐到阿繁面前。

「阿繁，放輕鬆。妳說妳想到一些事，是什麼事呢？」

「這個啊，警察先生。」

阿繁垂下肩膀，小小的身體往前傾，從底下仰望土田巡查的臉。

（曾經以牛伏村婦女會長的身份名震一時的昔日面容，從她這樣的姿勢中，又生氣勃勃地復甦過來了。）

「警察先生，你知道一個叫花柳音太郎的演員嗎？」

「花柳音太郎？……不是叫章太郎嗎？是新派[註1]有名的演員。」

「就是他就是他，東京一流的演員花柳音太郎，錯不了的。宣傳單上也是這樣寫的。還有木谷八重子，聽說也是有名的女演員，這一個大劇團，去年夏天在村裡的公共會館上演了兩天的戲。」

「原來如此，是難得一見的大活動呢！」

註[1]新派：也稱新派劇，始於明治中期的政治宣傳劇，後發展為大眾現代風俗劇的演劇。

「就是啊！那可是入場券要價二十五圓，貴得要死的戲，不過兩天都是大客滿。話說回來，那場戲中，有一幕叫做新派悲劇・淚水的復仇。警察先生，我昨天晚上突然想起來，這齣戲啊，情節和市助死去那天晚上的情況根本是一模一樣。」

阿繁像是要確定她的話帶來的效果似的，在這裡頓了一下，再次仰望土田巡查的臉。從窗戶吹進來的涼風，輕柔地捲走了香菸的煙霧。眼睛追著飄散的煙霧，土田巡查疲累到了極點的腦袋，一下子猛烈地轉動起來。（如果池內市助是照著幾乎所有的村人都看過的戲劇情節死亡的話，或許可以從這裡推理出看起來不可能實現的毒殺方法。話說回來，阿繁特地跑來說這件事，她真正的意圖在哪裡？只是單純地想要協助警方嗎？）

「然後呢？」

土田巡查挪近一邊的膝蓋。

「警察先生，那齣戲啊，跳舞的演員不但棒，劇本也精巧得讓人著迷。劇情是關於一個有錢人家的遺產繼承問題。有我最喜歡的家庭糾紛在裡面，是一齣愛與淚水的人間悲劇，當時真是哭得夠爽快了……」

阿繁交雜著許多小動作，繼續她生動的說明。

「一個老富翁死了。他是個無親無故的老頭子，所以親戚們齊聚一堂，商討留下來的財產該怎麼辦的時候，三個男人突然闖了進來。三個人都主張自己才是父親的私生子，雖然沒辦法在父親生前出來正名，但是遺產全部都是屬於自己的。嗯，差不多到這裡，是第一幕的情形……」

親屬們情非得已，只好決定將遺產分成三等分，分配給三個人。被叫到親族會議的三個人，都同意這個條件。當眾人鬆了一口氣，開始喝茶的時候，三人當中的其中一個，突然開始痛苦起來。

「你知道嗎，警察先生，這一部分啊，跟那天晚上的情形是一模一樣。人數也同樣是十幾個人，市助才剛喝完一杯茶，就開始感到劇烈的痛苦……」

劇情逐漸往淒慘的殺戮現場推移。

「不愧是花柳劇團。突然雙眼暴睜的男人，叫著：『嗚……五臟六腑好像要被扒爛了！』接著突然倒了下來。然後他又爬起來，怨恨地說：『啊啊，好痛苦，痛得像什麼在扎似的，可惡，一定有誰陷害了我！』然後吐了一口血。警察先生，這一部分也和那天晚上一模一樣。」

「也就是說，市助是在和那個演員相同的狀況下……」

「我看到市助痛苦的模樣，第一個想到的就是這齣戲，當中心裡還想，世上果真有這麼相似的事，有種好像在看戲的奇怪感覺……」

結果那場戲裡，剩下的兩個人也接連被殺害了。狀況完全相同。也就是在親戚齊聚的情況下，開始喝茶的同時，發生了毒殺事件。

「哦。……那，那齣戲裡的犯人是誰？還有殺人的方法是什麼……？」

「犯人是那一家的女傭。女傭看穿了三個男人都是冒牌貨，在倒茶的時候，把手裡藏的毒藥偷偷摻進男人的茶杯裡。就這樣，女傭保護了主人的家，但是後來發現她第一個殺掉的人，其實是在襁褓的時候就分開的親生哥哥。這才是整齣悲劇最早的緣由……」

「等一下。」

土田巡察覺得有必要打斷阿繁不曉得要滔滔不絕講到哪裡的話。對他而言，最感興趣的是下毒的詭計。但是阿繁所說的，並無法說明殺害市助的方法。

「看樣子，戲劇跟現實好像還是有差別的哪，阿繁。再說，那天晚上的茶水是各人自己從茶壺裡倒出來的……」

「就是啊。所以我昨天也想了一整晚，可是毫無頭緒。因為沒有任何人碰過市助的茶杯啊！」

「這就是問題的癥結所在。」

「可是啊，警察先生，我之所以會來跟你說這些，也是希望能夠早點抓到殺害市助的犯人。市助那個人拿天狗大人的護身符來擤鼻涕，我一開始也覺得可能是天狗大人作祟。可是不管再怎麼想，神明都不應該會為了那樣的一點小事害人。再怎麼說，那個人對天狗法會而言，都是非常重要的人啊！怎麼想都一定是有犯人的。所以我想，如果我的話能派上一點用場的話……」

「我很瞭解妳的心情。如果今後還什麼發現的話，也請務必告訴我。」

「警察先生，那齣戲裡，最後總共有三個人被殺了。市助死得和戲裡一模一樣。照這樣看的話，牛伏村裡還有兩個人要被殺……」

這一瞬間，一股冰冷的寒意竄過土田巡查的背脊，他刻意一笑置之。

「哈哈哈……不可能有那種事的……真是這樣的話，天狗大人才不會允許吧！嗳，妳就別胡思亂想了。總之一大早的，真是辛苦妳了，阿繁。」

土田巡查抓起新生香菸的盒子，催促阿繁似地起身。

「今天也會是個大熱天呢！」

信子夫人似乎終於起床了。土田巡查深呼吸，吸進飄盪著味噌湯香味的空氣。

天氣熱得教人吃不消。

土田巡查推著腳踏車，開襟襯衫因為汗水而濕透了。

他突然動念想要去拜訪阿鈴家。早上再度舉行的調查會議中，也沒有得到任何明確的結論。考慮到各種狀況，他們把焦點集中在下毒的方法上面，但是從眼前這幅彷彿無法視破手法的魔術般的模糊影片裡，還是沒辦法推敲出犯人的輪廓。

（就在搜查會議接近尾聲的時候，土田巡查把阿繁早上來訪的事報告出來。但是這番話似乎不太能引起眾人的注意。警局局長一副拿他沒辦法的表情，說出「乾脆大家一起去看花柳音太郎的戲好了」這種話，搜查課的年輕警部也接口說：「真是個好主意，最好一邊喝冰啤酒一邊看」，讓大家忍不住笑了出來。）

搜查會議的結果是，當晚聚集在阿鈴家的人自然不用說，有嫌疑的人也要徹底調查，並重新檢討整個事件當中是否有遺漏的地方。也就是說，搜查轉移到不起眼的訪查工作上。

來到山頭的入口處，牛伏村引以為傲的松樹林蔭道路，從這裡一直延續到山頂。（每一棟松樹都被取了不同的名字，從這種做法，可以看出牛伏村的特色。像是夫婦松——與平松——產子松——上吊松——）

土田巡查將腳踏車停在其中一棵叫做油傘松的老松樹下，擦拭額頭流下來的汗水。就在這個時候，他看到一個奇裝異服的男人，正從山頂走了下來。

襯衣加上白色襯褲，露出腿毛的腳上穿著黑色短靴，用繩子綁住掛吊著的，看起來像是一套晨禮服。每一走動，男人的長髮便隨之飄逸，實在是一副奇妙的打扮。

而且這個男人一來到土田巡查面前，便突然一臉親熱地向他打招呼。

「啊……果然沒錯，這不是土田前輩嗎！」

一瞬間，土田巡查困惑地望著對方，但隨即露出反應。

「喔！你是……這真教人吃驚哪……」

過去的同事白上矢太郎那令人懷念的風貌，在土田巡查的回憶當中復甦了過來。他應該還不到四十歲。寬廣的額頭下，那雙聰明伶俐的清澈眼睛充滿了懷念之情，正對著土田巡查微笑。

（土田巡查的記憶突然越過十五年的歲月，描繪出小鎮警局值班室的情景。雖然年紀相差將近十歲，但土田巡查對於白上矢太郎淵博的學識以及機敏的心思傾慕不已。鹽煎餅配上大口粗茶，一起談論文學、辯論政治，激動得面紅耳赤的過往時日，化為一種微澀的感覺，令土田巡查的胸口一陣糾結。）

「不過這還真是巧呢！土田前輩。你現在在這裡的村子工作嗎？」

「是啊，還是老樣子，都在鄉下地方跑。話說回來，聽說你就職幾年後就通過高等考試，當上了律師，非常活躍……」

「算算也有十五年了吧。真是好久沒有連絡了……」

「那……你今天來是？」

「啊，我小姨子嫁到這個村裡來，而她婆婆過世了。」

「哦，是這樣啊。這我倒是不曉得了。人說世間狹小，真是一點都沒錯。那，是橫山家囉？」

「是的。我是趕來參加葬禮的，可是這趟路還真是淒慘。內子說巴士的終點站有出租車，結果到了一看，全都被租光了，一台也不剩。我束手無策，只好用走的過來。可是你看這山路，就算我穿成像你現在看到的這樣，還是熱得受不了。如果遇到的不是土田前輩，我一定會被當成可疑人物抓起來審問吧？哈哈哈……」

「就快到了。走下這條路之後，就是第一個部落了。總之，你今天會在這裡過夜吧？務必也到我家來坐坐。再怎麼說，這都是我們闊別十五年的再會呀！真正是有朋自遠方來，不亦樂乎。」

「今晚就來喝粗茶配鹽煎餅，一起緬懷過去吧！」

「不，我有祕藏的威士忌。聽說是牛伏村裡唯一的一瓶呢！」

「哦，那真令人期待……」

「嗯，請務必賞光。」

土田巡查再次推起腳踏車前進，腳步卻突然變輕鬆了。

阿鈴家就在眼前。

陰暗的泥土地房間裡頭，緊接著就是同樣陰暗的木板地廚房。裸露出來的樑柱被燻得黝黑，厚厚地沾附了一層煤。

阿鈴正併攏雙膝跪坐在那兒。

她穿著寒酸的紮腿勞動褲，上面套了一件短袖的襯衣。衣襟處可以看見豐滿的乳房隆起，但阿鈴並沒有特意遮掩的樣子。寬闊的腰骨和圓潤豐盈的膝蓋似乎化為一種重量，不管按壓哪裡，都會充滿彈力地反彈回來似的，整個身體還保有年輕的味道。

（如果年過四十都嫁不出去的阿鈴真的還是處女的話，那一定是糾纏著她不放的天狗傳說害的吧！）

「市助的事真的很遺憾。可是那也是沒辦法的。天狗大人最厭惡汙穢，而他卻拿天狗大人的護身符來抹鼻涕。」

阿鈴以充滿信心的口吻斷定。

土田巡查陷入一種非常奇妙的感覺。他覺得眼前這個強壯健康的女人，嘴裡說出天狗的預言、唱誦驅逐惡病的咒文，是一件非常不搭調的事。這個看起來與歇斯底里妄想絲毫不相干的純樸農女，到底哪裡隱藏著那種靈力呢？

「這麼問雖然奇怪，不過妳真的相信妳自己變成了天狗嗎？」

土田巡查的口氣有些諷刺。

但是阿鈴面無表情。

「我不知道，但是其他人都這麼說……」

「那麼，那天晚上，妳召集大家說要報告天狗大人的神諭，是因為妳真的覺得自己做得到那種事嗎？」

「我不知道。可是，一心一意膜拜的時候，腦袋會變得一片空白，那個時候說出來的話，就是天狗大人的話。大家都這麼說。我自己是不太清楚……」

土田巡查一臉受不了地改變問題。

「市助從鎮上買茶杯回來，是妳拜託他的嗎？」

「不是。市助說天狗法會的人數增加了，茶杯不夠，他要捐獻新的，所以在那天晚上帶來。」

「在使用之前，妳看過了嗎？」

「市助曾打開箱子的蓋子讓我看了一下，可是因為那時候正忙，我想反正晚上就會用到，馬上就請他收進廚房的櫃子裡了。」

「茶杯是雪子洗的，然後市助把它分發到每個人面前，是嗎？」

「是的。然後大家開始談論有關杯子的花紋還是形狀等等，我也是那個時候才第一次拿到，仔細看過的。」

「之後大家開始喝茶。但是市助立刻就強烈地腹痛起來，數分鐘之後就被毒殺了。根據警方的調查，毒藥不可能下在茶以外的地方。阿鈴，妳聽好了，這裡很重要。妳再仔細回想一次，除了天狗大人之外，如果有人想在市助的茶杯裡下毒的話……」

「不可能有這種事，警察先生。」

阿鈴改變跪坐的姿勢，直直地仰望土田巡查的臉。（隆起的乳房顯露得更加清楚，濃重的體味撲上土田巡查的鼻子。）

「那是不可能的。市助的右邊坐著阿常，左邊是榻榻米店的芳太。我正好坐在市助的對面，所以看得很清楚，天氣很熱，大家都盡量不想靠近別人。我們圍繞在八張榻榻米大的房間坐著，根本不可能伸手去拿別人的茶杯。大家傳著茶壺，自己倒自己的茶。連一杯茶都還沒喝完，市助就突然肚子痛起來。只有市助一個人這樣……警察先生，如果真的有人下毒，那麼只有擁有看不見的手的人，才辦得到這種事。所以我覺得，除了天狗大人之外，不可能有其他人了。」

（看不見的手——阿鈴的口中說出和警局的年輕警部同樣的話。看不見的手——哪有這種蠢事！土田巡查感到更煩躁了。）

「話說回來，諷刺的是市助到最後還是想尋求天狗大人的幫助。天狗神水這種稱呼，到底是誰先說出來的？」

「信徒們都這麼叫。一開始感受到神水靈驗的是精米店的阿梢。她一年到頭老是覺得頭沉甸甸的，為這件事苦惱不已。她是在阿繁的建議下才加入信徒的，第一天過來這裡回去的路上，她不經意地喝了一杯井水，回家之後覺得那一整天頭都很舒暢。所以後來她每天早上都熱心地來到這裡，喝一杯井裡的水。怎麼樣？警察先生，任何藥都治不好的頭痛毛病，短短一個星期就完全痊癒了。於是天狗神水能夠治療頑疾的消息，立刻傳遍開來。就算我不說什麼，信徒也是最清楚它的靈妙的……警察先生，沒有信心的人，對他說什麼都是沒用的……」

走下山坡時，土田巡查的心情是沉重的。在熱得發昏的天氣裡，特地爬坡拜訪阿鈴家的行為，開始讓他覺得毫無意義了，完全找不到任何解決事件的線索。只是愈瞭解各種狀況，下毒的手法就愈成為近乎不可能的謎，讓他感到頭痛。

（這樣的話，乾脆我也來每天喝杯天狗的神水好了！）

事實上，他在踏上歸途之前，趁著用阿鈴家前的井水洗臉擦汗的時候，順便品嚐了兩、三杯水。冰涼的水沁入咽喉，但是腦袋依然沒有變得豁然開朗。

看得見派出所的屋頂了。（對了，今晚白上矢太郎要來拜訪。）

土田巡查更用力地踩上腳踏車的踏板。（總之，看樣子非常有必要請教他的意見了。）

第六章。毒殺的理論

真的是暢所欲言。晚餐結束前的整整三個小時，土田巡查和白上矢太郎兩個人，完全被捲進接二連三地泉湧而出的回憶漩渦裡了。

這天晚上，土田巡查陰鬱的感情彷彿一口氣決堤而出似的。（就連結縭二十年的信子夫人，恐怕也沒看過丈夫如此多辯、如此熱情地傾訴什麼的情景吧。說的誇張一點，信子夫人覺得二十年前的青春幻影彷彿從丈夫潮紅的臉頰浮現，忍不住陶醉地對著那張臉看得入迷。）

接近晚餐尾聲的時候，話題當然轉移到這次的事件上。因為這是土田巡查目前最大的煩惱。他詳盡地將事件的全貌敘述出來。

「話說回來，」

土田巡查一把捲起浴衣的袖子。

「關於我剛才說的案子……白上，請務必說說你的意見。說老實話，經過昨天和今天兩次的調查會議，我有一種窮途末路的感覺。今天我去阿鈴家的途中，遇到你的瞬間，忍不住心頭一震。世上會有這樣的巧合嗎？這不正是上天的啟示嗎？啊啊，夏洛克・福爾摩斯出現在牛伏村了……」

「哦，這太不敢當了。可是啊，前輩……」

白上矢太郎血色豐潤的臉頰，因為醉意而變得更加光滑。

「我非常中意牛伏村的氣氛。不管是市助、阿鈴還是小木勝次，不，就連瘋子山森天皇，都是非常教人懷念的人物不是嗎？啊啊，有人居住之處，就有夢想、歌聲、希望……」

「可是白上，我們現在正在談論發生在這些人當中的血腥犯罪……」

「所以，我才這麼說。土田前輩，我們下次就來更徹底地討論這個案子吧！看不見的手——呈現在我們面前的這個詩一般的命題，讓我感到無比的興趣……」

白上矢太郎的眼睛突然亮了起來。

「前輩剛才說，夏洛克・福爾摩斯出現在牛伏村了。聽到這個，我想到一件事。前輩讀偵探小說嗎？」

「不，我對那種讀物，本來就沒有半點興趣……」土田巡查萬分歉疚地支吾道。

「很好。我並不會將自己的興趣強壓在別人身上。前輩討厭偵探小說。而我從現在開始，將要敘述偵探小說當中是如何處理毒殺的。」

「白上……可是，偵探小說是架空的故事，和現實的犯罪……」

「前輩認為兩者不同。確實，偵探作家所描寫的幻想，並不一定與現實的犯罪相似。但是，只要計畫性的犯罪是依據犯人細緻的思考進行的，那麼如同偵探小說一般的事實也是有可能發生的。總之，我想談一談有關毒殺的詭計。話說回來，前輩知道江戶川亂步這個作家嗎？」

土田巡查狼狽的模樣，實在教人於心不忍。事情不應該會是這樣的。

他期待著能夠藉由說明這起命案，從這個機敏的刑事律師口中得到一些直接的啟發。

然而白上矢太郎卻開始滔滔不絕地談論起偵探小說的詭計論來。

土田巡查用一種再悲慘不過的聲音回答。

「我知道江戶川亂步，我也讀過他一篇叫做〈芋虫〉的小說。說老實話，讀完之後，我有一種毛骨悚然的感覺。可是白上，亂步和這次的事件到底……」

然而，白上矢太郎不理會土田巡查微弱的抗議，他的眼睛散發出一種彷彿被附身的光輝。

「江戶川亂步在戰後出了一本偵探小說評論集。聽好了，前輩，這本書當中，有一篇叫做〈分類詭計集成〉，是從古今的偵探小說當中蒐集構成作品中心的各種詭計，將之分類並加以評論。我本來就很喜歡偵探小說。總是蒐集國內外的作品閱讀。而且如此奇特的研究，除了這篇作品之外，我還沒有看過其他的。當我拿到這本評論集的時候，我無法克制內心的顫抖。令人興奮得起雞皮疙瘩。如果這個世上有偵探小說的聖經的話，這本書不就等於是它的第一章嗎？」

（啊啊，土田巡查啊，事到如今你也只能洗耳恭聽了。）

「我接下來要說的毒殺詭計，也是以江戶川氏的這篇研究為基幹，再加上若干自己的意見。不過，只有分類是我自己擅自決定的。江戶川氏列舉了三十八個毒殺詭計的例子。但是，市助很明顯的是服毒致死。所以經由皮膚注射或是以氣體狀態被吸入的詭計，可以排除在外。這裡就只限定於被害者經口攝取藥物的情況來說明吧！

做為讓被害者服毒的手段，偵探作家所想出來的詭計，有些什麼樣的實例呢？我將之大略分成四類。市助的死亡是屬於哪一類？那又是什麼種類？或者是，那是一種完全超乎偵探作家想像的新奇詭奇？前輩，我們就來好好地討論一番吧……」

說到這裡，白上矢太郎喝了一大口冷掉的茶。

（一）心理性詭計

「這一類的詭計，有許多是透過暗示使被害者服毒的例子。

1.有個年輕女性懷孕了。男女雙方所處的狀況使得兩人結婚無望，但兩人又害怕外人得知女方懷孕之事，男方巧妙地偽造了女方的遺書。（女方在不知道是遺書的情況下寫下它，關於這個方法，也有許多詭計存在。）

男方說，為了兩人未來的幸福，應該墮胎才是。女方心動了。男方謊稱那是墮胎的特效藥，把毒藥交給女方。由於女方留下來的遺書，她的死被視為單純的自殺。有個年輕的外國作家用這個題材寫了一部長篇小說，不過日本的短篇當中，也有幾篇同樣的作品。

2.這個例子是第一個詭計的變形。有一對決定殉情的男女，他們為了不讓世人發現他們是殉情，約定在不同的地方，同一時刻服毒自殺。只要其中一方有殺意，死亡的便只有另一方。為了讓計劃順利進行，犯人的心理誘導是重要的條件。

3.這個非常奇特的方法，是一位名叫克莉絲蒂的作家所寫的。犯人謊稱是一種最先端科學所發明的「說出真相的藥」，把毒藥交給欲殺害的男子家中的女傭。出於某些原因，女傭為了想知道主人的真心，相信了犯人的話，將毒藥摻進主人的早餐裡。聽起來很愚蠢，但是作者自然地描寫愚昧的女傭被犯人的暗示巧妙操縱的經過，使讀者能夠接受。女傭在犯人離開之後才下毒，因此犯人的不在場證明成立，動機自然也就難以查明了。

4. 有個抱怨疼痛的患者，儘管醫師指示止痛藥一次服用一包以上會有危險，看護卻故意將大量的止痛藥放在患者能夠取得的地方，暗示他安樂死。雖然也有這樣的作品，不過和這次的事件似乎無關。」

「所有的例子，」土田巡查不耐煩地開口：「都和這次的事件無關。首先，市助是被巴拉松毒殺的。那是具腐蝕性的液體，若是不裝在容器裡，就無法攜帶。而且，毒性是瞬間發作的，因此放入毒藥的時機不是在即將喝茶之前，就是倒茶的同時。但是，沒有任何一個人看到市助將毒藥從容器裡取出並喝下的樣子。就算市助深信毒藥是某種特效藥，饒舌的他也不可能悶不吭聲地自己一個人服用。犯人不可能會選擇危險性那麼大的聚會場合下手。說起來，偵探小說這種東西根本是愚蠢幻想下的產物……」

「很好。但是前輩，我還沒有全部說完。接下來……」

土田巡查無可奈何地點燃第十幾根的新生牌香菸。

（二）機械性詭計

「一般而言，這一類的詭計魔術的性質很濃厚。將下了毒的杯子趁乾杯的時候交換，或是趁著啤酒店人多擁擠時，靠近送飲料到客桌的女服務生，假裝問時間，在啤酒杯裡下毒。

或者是將毒藥裝進膠囊裡，趁接吻的時候送進對方的嘴巴裡，也有這種頗為風流的方法。宴會當中，一名男子被尼古丁毒殺了。他的酒杯立刻受到調查，然而不但同席者的酒杯上沒有，連被害者的酒杯也檢查不出毒物。根據前後的狀況來看，被害者除了調酒以外沒有食用任何東西，謎團於焉產生。克莉絲蒂這個作家寫了上述這樣的一篇小說。不過其實這是趁被害者倒下的瞬間，人們驚慌地靠過去扶起他的時候，犯人把事先藏好的其他杯子和被害者的酒杯掉換了。以詭計來看，可以說是有些幼稚的手法。」

「這次的情況……」土田巡查想了一下說，「市助所使用的茶杯當中，的確沒有檢查出毒物，這是因為那個叫雪子的女孩把杯子都洗過了。可是白上，這次事件的問題點，並不在這些地方。要怎麼樣放進巴拉松？問題是在這個方法上。」

「我也有同感。可是我們必須注意到，從一個詭計當中，是可以衍生出其他不同的方法的。我再舉一些別的例子吧。

1.牙醫在治療蛀牙的時候，把毒藥填進洞裡，再放上脫脂綿，讓患者咬緊。牙醫指示患者回家之後取下脫脂綿，服用止痛用的阿斯匹靈，於是患者在吞下阿斯匹靈的同時，也服下了毒藥。或者，同樣有個男子在治療蛀牙，犯人知道他的牙齒會出血，便將一種與血液混合後才會發揮毒性的箭毒[註1]摻進酒裡讓他服用。犯人和被害者都喝了同樣的酒，卻只有其中一方會死亡。

2.酒杯有特殊的機關，毒藥會逐漸滲出。或是在郵票、書頁塗上毒藥，舔到的話便會死亡。

3.這個奇特的方法，是利用一種叫做可塔波斯的古代羅馬遊戲實行的。所謂可塔波斯，是不能讓杯中的酒潑出，把它當做一整團液體投向目標物，使其命中的遊戲。犯人練習這個遊戲，從外頭將裝有毒液的杯子投入室內的水槽，殺害喝下這個水的人。因為房間的門是由內部上鎖，任誰都想不到毒液是從裝有柵欄的窗戶投入的。

4. 利用比重較重、具沉澱性質的毒藥，雖然喝的是同一個容器的水，但喝到杯底部分的人會被殺害。

5. 將一顆錠劑型的毒藥放入被害者習慣服用的藥丸瓶底，來製造不在場證明。或是冰凍毒液，放進冷飲當中，趁冰塊尚未溶化之前，犯人先喝給被害者看，然後請被害者飲用。也有這樣的詭計。」

「這些也一樣，」土田巡查抬起手來，制止對方繼續說下去。「以這次的事件來說，一點都不適用。在夏天的夜晚，把下了毒的冰塊丟進熱茶當中，首先這就讓人無法想像。此外，在市助之後倒茶飲用的人，也沒有任何異狀。茶杯是市助自己買來的，一帶來就收進櫃子裡，然後再由雪子洗淨，所以也沒有時間設什麼讓毒液滲出來的機關。市助沒有習慣服用的藥物，至於從遠處投進毒液，你說我們牛伏村裡有這種舞台藝術的大師？這實在是……」

註[1] 一種南美洲的原住民從植物中提煉而成的黑褐色樹脂狀箭毒（Curare）。現代醫學中，用作全身麻醉的輔助用藥，是一種生物鹼類骨骼肌鬆弛藥。大劑量使用時會麻痺呼吸致死。

土田巡查的表情真是值得一看。他為了回敬白上矢太郎的饒舌，想了許多辛辣的諷刺，然而就在他還沒來得及說出口前，對方又開始他的長篇大論了。

「某間洋酒館的一室，裡頭並排著許多張相同的圓型桌子。A、B、C三個人圍著其中一張桌子喝咖啡。犯人A找了個藉口，邀B、C到出口去，然後三人再回到座位來。離開座位的時候，B把自己的菸斗放在咖啡杯旁邊，但A將菸斗的位置掉換，放到自己的杯子旁。只是這樣而已。

結果發生了什麼事？再次回到座位的時候，B看到自己的菸斗，就會自然而然地在那杯咖啡前坐下來吧！因為在場有好幾張相同的圓桌，這是非常自然的行動。但是B所拿起的杯子，是A之前使用的。A只要一開始在自己的杯子裡下毒，死亡就必然會發生在B身上。而且同席的C也會證明，絕對沒有任何人在B的杯子裡下毒。這是心理性詭計與機械性詭計相結合，可以稱之為複合性詭計。」

「可是那天晚上，市助沒有離開自己的座位。開始喝茶之後，也沒有任何一個人離席。這一點大家都同意。」

「那麼，我們來看看下個例子吧！犯罪調查的方針，理所當然地是靠犯罪動機來決定的。因此從犯人的角度來看，誤導調查方針是很重要的。亦即，如何妨礙正確判斷的方法。我們就來稍微討論一下這一點吧！」

（三）誤判的詭計

「使用這類詭計的作品，在偵探小說當中也有不少傑作。

1.代表性的詭計，是《Y的悲劇》這篇作品。A這個人物經常處於被毒殺的危險當中，但是毒殺的計畫，總是陰錯陽差地未遂以終。就在這當中，完全不同的人物B被毒殺了。於是警方有了一種偏見，認為犯人是想要殺A，卻不小心誤殺了B。也就是說，只有擁有殺害A的動機的人會遭到懷疑，犯人因此隱入盲點當中。

2.坂口安吾[註2]的《不連續殺人事件》當中，也利用了這樣的詭計。犯人事先在自己的咖啡杯裡下毒，以對方的茶杯有缺損為由，互相掉換。對方當然死了，但是犯人卻演出巧妙的一齣戲。「如果喝了這杯咖啡，死的人就是我了，啊啊，有人想要殺害我！——犯人露出恐怖的表情這麼大叫，而人們相信了他的說辭。

3.柏克萊[註3]的著名作品中，犯人利用某個公司的名義，送了一盒巧克力給朋友，然後特地從朋友那裡轉贈給自己，再於歸途中掉換成包裝相同的別的巧克力，帶回家給妻子吃，毒死了她。這也是為了讓他人誤信在巧克力中下毒的不是犯人本人的苦肉詭計。」

「這和這次的事件更不相關了。沒有任何人和市助交換茶杯啊！」

註[2]坂口安吾（1906-1955）：日本作家，代表作有《墮落論》、《白癡》，少年時期即熱愛偵探小說。一九四八年發表了《不連續殺人事件》，獲得第二屆偵探作家俱樂部獎。

註[3]安東尼．柏克萊（Anthony Berkeley，1893-1971）：英國推理作家，英國偵探作家俱樂部創辦人。他追求推理小說的全新可能性與提倡犯罪心理小說，在推理小說史上留下了巨大的功績。

土田巡查（不可思議地）有一種錯覺，覺得自己好像變成了犯人的律師。偵探作家的幻想，怎麼可能會和這宗不可能的犯罪一樣！（他發現自己正一一粉碎白上矢太郎援引的豐富例子，為犯人絕妙的計畫喝采，而感到一股奇妙的感慨。）

「偵探小說的詭計也山窮水盡了嗎？現實的犯罪果然還是……不，你願意的話，就繼續吧。當做故事來聽的話，還蠻有趣的……」

「那麼我就繼續吧。」

（四）其他的詭計

「接下來說說不屬於以上任何類型的詭計。當然，也有和這次的事件沒有直接關係的方法，不過既然是順便，就請聽聽吧。土田前輩，再忍耐一下就好了。那麼……

1.一個想要殺害妻子的醫師，每當妻子一頭痛，就開給她麻藥，讓她麻藥中毒。而且醫師每次都謊報一次服用的分量，讓妻子以為自己的身體能夠承受大量的麻藥劑量。某一天，醫師外出看診的時候，妻子頭痛發作，無法忍受，便自行服用麻藥，但由於攝取份量過多，因而死亡。

2.每天攝取少量砒霜，讓自己的身體對砒霜產生抵抗力。因此，同樣喝下混有砒霜的飲料，對方會死亡，犯人本身卻不會產生異狀。

3.這個非常特殊的例子，是出自江戶川亂步的〈屋頂裡的散步者〉。一個有著在天花板上徘徊的奇妙嗜好的人，某天發現了一個小洞。他湊過去一看，看見一個男人正在房間裡張大著嘴巴睡覺。他發現男人每次睡覺的位置幾乎都一定，便從小洞裡朝男人張開的嘴巴投下毒藥。

這篇作品卓越的獨創妙趣，再加上獨特的描寫，令人一讀便留下難以忘懷的印象，但是江戶川本人並未將它記載到詭計表當中。想來比起詭計，作者更著重在主角的異常性格以及氣氛上吧。

4. 其他也有雖是出於善意的行為，結果卻變成毒殺的例子。例如持有毒藥的不幸母親，拿著毒藥瓶對年幼的孩子說，只要吃了這個，就不用再這麼辛苦了。孩子相信母親的話，在母親生病的時候，為了讓母親不再辛勞，而將毒藥摻進食物裡。」

「到目前為止，你已經說完如何讓被害者服下毒藥的所有詭計，但是……」

土田巡查正要開口，卻被白上矢太郎冷淡地反駁回去。

「所有的詭計？沒這回事。這只是微不足道的一小部分而已。我只是說出我所想到的幾個例子罷了。類型有無數種，而將這些結合在一起的話……」

「可是，不管哪一個例子，都不能提供解決這次事件的線索。結果還是沒辦法找出如何在當晚的狀況下讓市助服下巴拉松的方法。」

「也就是看不見的手的問題呢。」

「你的意見呢？」

「不，我也不太明白。可是，我現在有個很感興趣的人物。那就是，」

「誰？」

「被害者本身。」

「你是說市助？」

「是關於他的死法。我對這一點很有興趣。我覺得有必要再想想阿繁那個老太婆所說的新派悲劇的一幕。」

「你的意思是，市助是被和劇中人物相同的手法殺害的？」

「不，土田前輩，這才是可笑過頭的空想了。現在還不到說明的時候。」

「那麼，牛伏村還會有兩個人遇害……劇中有三個人被殺了……在同樣的狀況下……」

「這樣的話，派出所巡查的職位就不保了吧！」

「別開玩笑了，白上。」

事實上，土田巡查正為了襲上心頭的不祥預感而感到一陣寒意。

「不過前輩，這睽違十五年的再會，卻碰上了這樣一樁意想不到的事件。為了前輩，這個案子有再進一步思考的必要，而且我自己本身也很有興趣。這個——」

白上矢太郎遞出一張名片。

「今後如果有什麼事，可以請你連絡我嗎？我有一些想法，有機會再來的時候，應該可以告訴你。另外，這也不算拜託，萬一真的繼續發生怪事的話……」

「我被革職的話，就拜託你幫我介紹新工作了。」

說到這裡，兩人第一次大聲笑了出來。

第七章。每晚的點綴之景

恐怕再也沒有任何人，會比牛伏村的居民更對立秋這個詞彙有深刻的感受了。八月過了中旬的時候，天空更加清朗。花草樹木以及家家戶戶庭院裡盛開的大波斯菊，也在清澈的空氣中，色彩顯得更加豔麗。

有老人或幼童的家庭，九月中旬左右就開始搬出暖爐矮桌了。暖爐矮桌會一直擺放到翌年六月左右。所以一整年裡沒有它的季節，只有七、八兩個月而已。

一家人圍繞在大火爐邊，一起共進晚餐的時刻，廚房的角落會傳來微弱的唧唧蟲鳴。然後人們便會感覺到急速迫近而來的冬天腳步，一起默不作聲地嚼起平淡無味的飯來。

面臨漫長的過冬生活，非做不可的工作一口氣全冒了出來，壓得人們的心情沉重不已。

牛伏村每晚的點綴之景，就以這樣煩躁又哀傷的黑暗色彩為背景，被描繪出來。豎立在酒店「千鳥」門口的招牌，不知不覺中消失了。取而代之的，是一個在夜風中搖晃的細長燈籠。

紅色燈泡的光芒，朦朧地照射出燈籠上的文字「關東煮・小料理・酒店」。

酒店內部一點一點地改裝，最近剛裝設好的中古電唱機裡，傳出甜美的流行歌旋律。只有這塊地方的情景，與牛伏村的夜晚格格不入。

但是對於夢想往鎮裡發展，開一家有著閃亮霓虹燈的都會風咖啡廳的加代而言，這裡可以說是她野心的序曲。

所以，當暮色包圍了部落一帶的時候，她的皮膚會突然生氣勃勃地發出光輝，就連腰部的豐滿贅肉都飄盪出某種新鮮的魅惑氣息來，這樣的事也沒有什麼不可思議了。

（至於村裡的媳婦們對這樣的加代抱持著什麼樣的感覺，自然也不難想像。）

某天晚上，岩下茂十的妻子阿常和精米店的阿梢，一起路過「千鳥」前面。

阿常聽見正巧傳來的唱片聲（老婆一點都不可怕，不管她們說什麼。）與熱鬧唱和的歌聲，眉頭一皺，當場停下腳步。

「哪，我說阿梢啊！」她從門口朝著店內故意拉大嗓門叫道。「女人淪落到這種地步啊，過得就輕鬆囉！」

「就是啊！」阿梢也大聲回答。（她的老公也三天兩頭往「千鳥」跑。）

「用泥水洗過的女人啊，果然汙垢會洗得比較乾淨是吧！色咪咪的男人們就是特別愛這種的呢！」

「現在裡頭震天價響的電唱機是死去的市助出錢買的，而這次新換的榻榻米，也等於是用我老公瞞著妻小送來的錢買的嘛！」

「仔細看看，這整棟屋子可不是沾滿了部落媳婦們的眼淚嗎！可是卻沒有半點報應，也難怪我家女兒會不想作農了……」

就在這個時候，店門突然打開，加代現身了。兩人瞬間怔了一下，加代對著她們豔然微笑，彎身行了個禮。

「兩位大嬸，天色都這麼黑了，真是辛苦啦。回家之後，請務必轉告兩位的先生，說千鳥現在開始賣暖和的關東煮料理了，請一定要來賞光，到這裡來消除身心疲勞……」再次微笑之後，加代「砰」地一把將門甩上。（看樣子，還是加代的功夫更勝一籌。）

兩人面面相覷了一會兒，然後「哼」地露出冷笑，卻為時已晚了。

「瞧她那副德性。」阿常一臉不屑地說道。

「哪，我們快走吧！待在這種地方，會被那隻女狐狸給纏上的……」

兩人就要朝黑暗當中走去的時候，突然響起一陣急促的草鞋腳步聲，有個女人從兩人身邊跑了過去。

「誰啊？慌慌張張的……」

「那不是村公所的雪子嗎？發生了什麼事嗎？」

這個時候，土田巡查正在泡澡。

他舒服地浸在微溫的水裡，冥想著各種事情。這是他從年輕時候就有的習慣。

市助殺害事件——署內打趣地稱之為「看不見的手事件」——還是找不到任何解決的線索，就這樣過了快一個月。

正因為是單純的命案，犯人的影子似乎就近在眼前，卻遲遲無法抓住，這種焦躁任誰都感覺得到。

「只要把那天晚上在場的人一個一個抓起來嚴厲審問，一定兩三下就會吐實了。可惡，什麼新刑事訴訟法嘛，根本就是在保護犯人……」

上了年紀的刑警會這麼不甘心，也是理所當然的。

蒐集證據——這是當前的問題，但是不明白下毒方法的話，根本無從蒐集起。

警方當然也調查過巴拉松的取得手段了。那是六月上旬為了驅除害蟲而分配至部落一帶的，但由於實施上的注意事項並未徹底執行到每個角落，任誰都可以將之帶回家。

那麼動機怎麼樣？

關於這一點，也想不到任何確定的動機。

當然，與選舉相關的事情也調查過了，但是被視為競選候選人的小木勝次當晚並不在場。那麼，有沒有誰是為他做事的？然而這一點也在實際調查之後，徒然地讓搜查當局更加瞭解到鄉下選舉的複雜性，最後遭遇到農村人特有的頑固而無言的抵抗罷了。

「警察先生！警察先生！」

有誰在門口大叫。

趁著信子夫人到鎮上過夜，悠哉地泡在澡桶裡想些有的沒的事情的土田巡查，聽到叫喚，慌忙起身。

「哦，馬上就出來了，先進來等我一下……」

土田巡查慌張地穿上衣服，來到起居室的時候，似乎剛剛哭過的雪子，抬起紅腫的眼睛看他。

「怎麼，原來是阿雪啊。現在這種時間，怎麼了嗎？」

「警察先生……我不曉得該怎麼辦才好了。所以，那個……」

土田巡查從容地坐到小矮桌前。

「妳哥哥怎麼了嗎？」

「不是，不是哥哥的事。我……警察先生，今天晚上伍郎把我叫出來……」

「伍郎？」

「過世的市助先生的……」

「嗯，他的獨子是吧。為什麼伍郎會……」

「他說今晚想要見我。所以我就像平常一樣……」

一陣紅暈染上雪子的臉頰，她難為情地垂下臉去。

土田巡查特意裝成若無其事的樣子詢問。

「原來伍郎喜歡阿雪，阿雪也不討厭他啊。你們兩個有時候會像這樣見見面。然後，妳今晚出門一看……妳是去了哪裡？」

「伍郎家後面放稻草的小屋。」

一瞬間的羞恥過去之後，她抬起頭來，清楚地說明。

「我們都是在那裡見面的。今天晚上也是他說有話要告訴我，所以我就出門了。結果伍郎說了好恐怖的事……」

雪子那雙還留有少女稚氣的眼睛害怕地睜得渾圓。她壓低聲音說了。

「伍郎告訴我，說他知道犯人是誰。他知道是誰殺了他爸爸……」

「伍郎知道犯人是誰……？」

「是的……警察先生，伍郎這樣對我說：『阿雪，是妳殺了我爸。是小木勝次拜託妳的。妳們兩個是殺人犯。』」

乾稻草的味道撲鼻而來。雖說是存放稻草的小屋，但一些農具也雜亂地擺放各處。說穿了就是小倉庫。

雪子就像平常一樣，從後門悄悄地走進來，伍郎卻劈頭就這麼對她說：「我想了一整個月。想出來的結果就是這樣，絕對錯不了。我也知道為什麼妳會做出這種事了。只要我爸在，勝次就不能進入村議會。妳們母女是靠著勝次說情，才能到村公所工作的。他就是拿這份人情壓妳，跟妳商量殺人的計畫……」

「不是這樣的。那種、那種事……而且，警察也調查過了，那天晚上，根本沒有任何人可以在你爸的茶杯裡下毒啊！為什麼我會……」

「這一點我也想過了。聽好了，阿雪。那些茶杯整個是深黃色的。勝次準備了摻有農藥的明膠，事先交給妳，要妳找機會把它貼進茶杯裡。正巧，新的茶杯又是深黃色的。妳裝做在洗杯子，把明膠巧妙地貼進杯底。明膠在冷水裡不會融化，但是碰到熱水，馬上就融掉了。毒藥就是這樣被我爸喝進嘴裡的……」

「可是我……我真的把杯子好好洗過了。而且我洗過的杯子，是你爸親自發給每個人的，我根本不曉得哪個茶杯會被哪個人拿去……哪，伍郎，我要怎麼把那個下毒的杯子拿給你爸？……哪，你說要怎麼樣才做得到？」

既然事情變成這樣，雪子也拚了命。她只能用理論來說服對方了。

但是伍郎不退讓。

「就算是這樣，下毒的茶杯也未必會被我爸拿去。但是，當天晚上有十四個人在場。所以，那個下毒的茶杯會被我爸拿去的機率是十四分之一。犯人一定就是賭那十四分之一的機會……」

「那，如果那個茶杯被其他人拿去……」

「洗茶杯的是妳。要是妳發現那個茶杯被我爸以外的人拿去，妳只要馬上說那個茶杯還是髒的，要再拿去重洗一次，就有把它拿走的機會跟藉口了。」

雪子發現自己幾乎快被伍郎的話說服，不禁一陣愕然。

要是沒辦法駁倒伍郎的話，我就會變成殺人兇手了。

「可是喝茶之前，每個人都拿起茶杯，好好地檢查過了。要是有記號什麼的話，馬上就會被發現了。要一眼就看破同樣十四個人手中的茶杯哪裡不同，根本就辦不到啊。而且，什麼十四分之一，哪有犯人會去寄望這麼渺茫的機會的？哪，伍郎，我哪有什麼理由要殺害你爸？再過個半年，談好婚事的話，他就會變成我爸了耶？為什麼我要做那麼恐怖的事……」

雪子幾乎是哭著抓緊伍郎的身體。

這個時候，奇妙的事發生了。

原本是那樣冷淡的伍郎，突然緊緊抱住雪子靠過來的身體，同時把她壓倒在鋪在地上的稻草束上。

在糾纏扭動的兩具身體下，稻草束發出沙沙聲響。

激烈的喘息中，伍郎的嘴唇緊緊按上雪子的嘴唇。他用擁抱著雪子的手，摸索著她的乳房，雪子無法承受壓上來的重量，激烈地扭動身軀。

洋裝的裙擺被撩起，稻草刺著裸露出來的大腿。全身熊熊燃燒起來，好似疼痛一般的快感，伴隨著莫名的不安，同時在她的內心交錯。

雪子扭動著身體，小聲地叫道：

「你瞭解了嗎？嗯？你終於瞭解了嗎，伍郎……」

之後發生了什麼樣的事？

從雪子支吾其詞的模樣，土田巡查也能夠想像得出大致的情況。

他帶著複雜的感情，望著沾在雪子頭髮上的稻草屑。

「所以警察先生，我要回去的時候，伍郎這麼說了：『其實我一開始就不認為阿雪是凶手。只是今天晚上我想要確定，阿雪究竟是不是真的站在我這一邊的……』」

「站在他那邊的？」

「伍郎堅信勝次就是凶手。伍郎說：『這次的選舉等於是為父親復仇的戰爭，我要參選。既然阿雪是我真正的同伴，是不是就能為我做任何事……』」

「哦……他要參選村會議員啊。」

「伍郎說部落裡頭有人說要讓岩下茂十代替他爸參選，但是不管怎麼樣，他都要繼承他爸的位置。」

「所以？」

「所以，伍郎叫我向警察投書，說那天晚上的犯案者是小木勝次。」

「可是，勝次並不在場。」

「只要投書說勝次和茂十的太太阿常相好，下毒的人是阿常，謠言馬上就會傳遍整個村子了。」

「我有點搞不太懂，勝次和阿常私通，這事是真的嗎？」

「我也不太清楚。可是伍郎是這麼說的。他還說，只要警察把矛頭轉向勝次和茂十的太太，那兩個人就很難當上候選人了……」

土田巡查難以置信地望向雪子的臉。

「那，妳跟他說好了嗎？」

「我也沒有辦法。那個時候，我跟他說我試試看……可是警察先生，我還是沒辦法做出那種事。可是不做的話，伍郎他……」

瞬間的激情過後，雪子深深地感覺到這件事的有勇無謀與恐怖。

但是今天晚上，她真正成了伍郎的「同伴」。少女的肉體與精神會無法處理這活生生的現實，也不是沒道理的。

「阿雪，謝謝妳來告訴我這些。伍郎那裡，我會好好跟他說的。噯，不用擔心。伍郎的心情我也不是不瞭解……只是因為年輕，太直性子了。犯人馬上就可以抓到了。不正當的事，一定會露出馬腳的。警察也絕不是坐視不管。」

然而這麼說的土田巡查自己，卻無法不去反省這番話的空虛。

雪子的眼裡透露出說出一切的安心感，筆直地看著他的臉。土田巡查像要逃離她的視線似地低聲說道：

「天色很晚了，妳該回去了。」

小木勝次最近幾乎每天晚上都出現在「千鳥」，這已經是部落裡人盡皆知的事。

小木勝次膝下無子，只有夫婦兩人一起生活，妻子是個勤奮能幹的人。由於重勞動與粗食，她看上去比四十歲的年紀更老。而乾燥的頭髮及粗糙的皮膚，早已顯露出女人的晚年徵兆了。

用完晚餐，妻子在昏暗的燈光下開始做起針活，但她幾乎都在打瞌睡。

妻子的那副模樣，讓勝次感到難以忍受。

現在他已經是村議會選舉的候選人（關於這一點，他已和村長締結了密約），順利的話，也有可能坐上町會議員的位置。對這樣的勝次而言，眼前的情景實在是太過寒酸凄涼了。

阿鈴家敲打的太鼓聲，乘著夜風傳來。

勝次一臉不悅地站起來。

「選舉快到了，也不能老是待在家裡……怎麼會這樣一個接一個，要辦的事沒完沒了哪……」

勝次嘴裡咕噥著，刻意不看妻子的臉，悄悄地走下泥土地。接著他拉開老是卡住的門，走出外頭的瞬間，立刻變得氣宇軒昂，黑暗當中出現了一副完全就是未來町會議員的樣貌。

這天晚上。

勝次還是老樣子，悄悄地離開打瞌睡的妻子身邊，跑到重新裝潢過的「千鳥」酒店裡。

「我說呀……」

加代濕潤著一雙醉茫茫的眼睛，盯著勝次的臉。

「聽說你變成了天狗法會的信徒，是真的嗎？」

「哦，我昨天去過阿鈴家了。人上了年紀，還是需要一點精神寄託哪……」

「呵呵呵……真是冠冕堂皇的說詞。你想要的是什麼？錢？還是女人？」

「別說傻話了。天狗大人的教誨深深地打動了我的心，所以我才會想信奉天狗大人的……」

「那你說的教誨，指的是什麼樣的東西？」

「這……那當然是，夫人，虔誠地信仰神明的話，就可以在另一個世界得救。家裡也不會有疾病或災難……」

「其實是……還可以把有錢、豐滿又不經世事的女人也據為己有吧？」

加代的眼睛充滿膩人的光芒，由於淫蕩的情欲而濕潤不已。（到了這個地步，勝負的結果已經非常明顯了。）

勝次露出曖昧的笑容，像要閃避纏繞過來的視線似地說：

「妳還真是會胡思亂想呢！這和信仰是兩碼子事。總之夫人，再給我一杯熱的……」

「呵呵呵……真會打馬虎眼。唉呀，下雨了嗎？」

「天剛黑的時候，還有星星的……」

「人家說，男人的心就像秋天的天空。今天晚上就這麼關店了吧。」

加代開始關起遮雨板，勝次帶著難受的心情，注視著她的背影。

讀者啊！

若要像這樣一一描寫出牛伏村的每一天晚上，實在是沒完沒了。

總而言之，事件發生之後，經過了幾個這樣的夜晚，秋天的氣息也終於逐漸轉濃了。

第八章。關於天狗的鼻子

前略。

承蒙招待，卻未經招呼就這麼歸宅，遲至現在才有機會向你致謝。

因為遇上有些棘手的官司，我忙著蒐集資料，以致遲遲無法去信問候。

闊別十五年的歡談，讓我彷彿重回青春時代，是個令人不勝欣喜的一晚。你自豪的威士忌使我忘了分寸，讓我小題大作的偵探小說論壞了酒席的興致。醉後的醜態，實在教人汗顏至極。

不知道那件事後來情況如何？我知道搜查依然繼續進行，你的辛勞，我能夠體會。

今天恰巧得到一點空閒，想藉這個機會，說說我的想法。

那一天曾經提到，市助的死亡情形與曾在村裡上演過的戲劇其中一幕幾乎相同，這件事一直讓我耿耿於懷。從這一點思考的話，關於市助的死亡，以下幾點應該會是重要的關鍵。

1.巴拉松的毒性，幾乎可與氰酸鉀或番木鱉鹼[註1]匹敵。服下之後，立刻就會引發劇痛。然而市助卻大叫：「嗚、五臟六腑好像要被扒爛了」，說著：「啊啊，好痛苦，痛得像什麼在扎似的」，看起來就像在作戲似的。在劇烈的痛苦中，人會像這樣表現自己的苦

註[1]番木鱉鹼（Strychnine），一種生物鹼，味苦，曾用做毒鼠藥和瀉藥，服用過量會死於窒息或衰竭。

楚嗎？

2. 巴拉松有著像大蒜一樣的獨特臭味。在吹涼熱茶飲用時，市助怎麼會沒注意到這種臭味？是因為他的嗅覺異常嗎？或者是，他一開始就知道自己喝的茶有那種臭味？

3. 儘管那麼樣地痛苦，市助卻不叫醫生，而想要飲用天狗的神水。他有這麼盲目地相信天狗嗎？

我認為，只要能夠找出上述幾點的答案，應該就能掌握解決這樁命案的關鍵。關於下毒的手法，我現在有一個假設，不過我還想再思考得更透徹一些。

另外，以下的資料請做為參考。

我瞭解阿鈴等人唸誦的「咒文」的意思了。當晚我將你告訴我的細節筆記下來，回來之後興致勃勃地讀了有關天狗的一些傳說，偶然發現了這件事。井上圓了[註2]的《天狗論》、平田篤胤[註3]的《古今妖魅考》等，關於天狗的文獻數量頗豐，當中記載著八天狗之事。這八天狗是最長於仙術的天狗，分別是榮術太郎、次郎坊、三郎、善鬼、豐前坊、相模坊、僧正坊、伯耆坊。雖然稱為咒文，但也只是就這樣唸出八個天狗的名字而已，看樣子他們並不知道咒文的意思。

寫得冗長了。到目前為止，依然無法提供有用的意見，甚感遺憾。事件之後的情況，請務必轉述給我知道。

那麼，在此致歉，並恕潦草——

土田巡查讀完白上矢太郎寄來的信，視線茫茫然地投向庭院的百日草。一隻紅蜻蜓正停在花朵上休息。

最近的他感到非常地疲倦。不只是因為市助的事件。他四十六歲的肉體非常明白，鄉下的派出所巡查工作有多麼地繁忙。

夫妻吵架的仲裁、對叛逆兒子說教，甚至要負責帶回逃出家裡的養子。不但小事件連續不斷，「警察先生」還必須參加所有的宴會和活動，坐在村長和校長中間才行。

今天早上，他也出席了消防團購入汽油幫浦的發表會，才剛回來而已。

「老公，喝茶……」

「嗯。」

土田巡查沒勁地應聲，把臉轉向信子夫人。

「怎麼了嗎？」

「嗯。」

「要不要躺一下？你一早就去喝了宴席酒不是嗎？」

註[2]井上圓了（1858～1919）：佛教哲學家，嘗試以西洋哲學來重新詮釋佛教。一八八七年創立哲學館（後來的東洋大學）。除了眾多佛學著作外，亦寫作《妖怪學研究》，俗稱為妖怪博士。

註[3]平田篤胤（1776～1843）：江戶後期的國學者，國學四大人之一，為本居宣長死後的門人。潛心研究古道・古典，繼承宣長的古道說，並將其體系化。對幕末的尊王攘夷論有重大的影響。

「不管什麼活動，統統都有酒啊。就算再怎麼愛喝酒，也會受不了的。那些人真是太會喝了。聽說活動結束後，還要去『千鳥』喝第二攤。秋天都還沒過完，真是教人目瞪口呆。」

「所以妻子小孩才得出門工作啊……牛伏村這個地方，真的很大男人主義。對了，說到『千鳥』，剛才那裡的老闆娘經過我們家門口。」

「加代嗎？」

「嗯。她說了一件有趣的事。聽說那個小木勝次啊，變成天狗法會的信徒了呢。」

「那件事真的蠻教人吃驚的。小木勝次之前不是才在誇口說什麼村子裡的菁英份子才不會蠢得去信仰那種鬼玩意兒嗎？」

「然後啊，加代說她最近也要成為信徒唷！」

「真的嗎？那個女的要加入天狗法會啊。」

土田巡查瞬間回想起赴任第三天的情景。

淫蕩的眼睛流露出媚惑的神色，說著：「警察先生，你長得跟我死去的老公簡直就是一個樣呢！」往自己身上靠過來的女人。土田巡查想起了沉淪在物慾與情慾中的女人那雙黏膩陰沉的眼睛。

加代與天狗大人——這不是相當奇妙的組合嗎？

「那個女的怎麼會突然……」

「這事說起來就有趣了。聽說是勝次告訴她，天狗大人是餐飲業的守護神。不曉得是真的還假的呢。」

「我好像沒聽說過這種事。」

「就是啊。所以我問她為什麼，結果，我跟你說喲，呵呵……加代她啊，一本正經地……」

「說了什麼？」

「對於酒店而言，男人不是最重要的顧客嗎？所以……」

信子夫人的臉頰倏地泛紅了。

「嗯……」

「所以啊，天狗大人的鼻子又高又長。天狗大人的鼻子，跟男人的……唉呀討厭啦……」

「也就是說，形狀相似就是了。」

「聽說就是這樣。所以，掛上天狗的面具祭拜是最好的。這和藝妓把跟實物一模一樣的東西擺在客間壁龕上早晚膜拜，是相同的道理。老公，真的是這樣嗎？」

「那種事我哪知道。」

土田巡查一臉慌亂地躲開信子夫人的視線。

不過，這不是件教人吃驚的事嗎？

將男根崇拜與天狗傳說相結合，說是讓酒店生意昌隆的祕訣，要加代加入信徒的策略，確實不同凡響。

的確，天狗堂敲打的太鼓聲，聲勢是一天比一天更壯盛了。

命案之後，天狗法會似乎反而變得更加繁盛。

阿繁和阿久，帶著彷彿殉教者般的豪情壯志，聚集到阿鈴家。沒有半個信徒說要退出。

當然，關於市助之死是否出於天狗作祟，這一點在信徒當中也有異論。

不過，市助是市助。他們純樸的宗教觀，讓他們單純地認為只有自己一定會得到神佛的眷顧。

無論神佛做出多麼不合理的事，他們都解釋為是因為信仰不夠虔誠。只有自己一定會得救，或是非得救不可，至於其他的眾生如何，一開始根本就不在他們的關心範圍內。

而且在目前的這種狀態之下，如果離開天狗法會的話，絕對會遭受到天狗作祟。不可否認，這種共同的想法的確存在於每個人心中。

事實上，勝次成為信徒的事在村人之間也引發了風波。像勝次那樣對天狗法會抱持批判態度的人，竟然——

但是，勝次這麼說：

「我是覺得不能夠不經思考就胡亂信仰，必須經過仔細研究才行，如果領悟到這個宗教絕對錯不了的話，我就會信仰得比別人更加虔誠。阿鈴說的話一點都沒錯。天狗大人偉大的力量，我也十分瞭解了。有阿鈴這樣的活佛出現，對我們村子而言，不是件很名譽的事嗎？」

像要證明他這番話似的，勝次的信仰之深，讓旁人為之咋舌。

他不斷地想出各種新的宗教儀式，現在，天狗法會已經逐漸成為一個新興宗教了。

例如——

有為了迎接新信徒而舉行的莊嚴隆重的「入教儀式」。

信徒之間設有階級制度，阿久、阿繁、阿常這些最早的信徒，以幹部身份列席這個儀式。

幹部必須支付千圓，恭恭敬敬地從勝次那裡領取他從鎮上玩具店買來的紙糊天狗面具。天狗法會聚會的時候，所有的人都要戴上這種面具。

與阿鈴家相隔一條路的小丘上的天狗堂，其至被加以修繕，做為拜殿使用。

指揮這一切的是小木勝次。換句話說，阿鈴等於得到了一位如意軍師。

土田巡查本身是興致勃勃地觀望這些事情進行，但加代要加入信徒這件事，他倒是第一次聽說。天狗法會的蓬勃發展，實在教人畏懼。

然而在這當中，襲擊牛伏村的第二、第三樁慘劇，正被某人悄悄地計畫著，漸漸地完成了準備。這件事，又有誰預想得到呢？

第九章。天皇於黎明駕崩

夜色還沒有完全明亮。

因為整晚刮著強烈的風而遲遲無法安眠的土田巡查，到了黎明時分似乎也沉沉地進入了夢鄉。

有人敲打派出所前門的聲音，把信子夫人吵醒過來。

「警察先生！警察先生！」

那是近乎尖叫的女人聲音。

「老公、老公！」

信子夫人搖晃土田巡查的身體。

門被敲打得更激烈了。

「哦！馬上就來了……」

土田巡查穿著睡衣就這麼起身，打開前門。

昏暗的門口燈光，照亮了雪子因恐怖而扭曲的臉。

蒼白的臉頰佈滿了淚痕，一隻腳光著沒有穿鞋。

那副模樣，讓土田巡查瞬間不禁懷疑她是否和她哥哥一樣發瘋了。

「阿雪，怎麼了？」

「被殺了……哥哥被殺了……」

「什麼！」

土田巡查雙手扶住往他倒過來的雪子。她嬌小的身體不住地發抖。

「喂！」

信子夫人跑了過來。她輕輕摟住雪子的肩膀。雪子就像個幼兒似的，緊緊抓住了信子夫人的手。

「阿姨！」

接著，她呻吟似地嚎啕大哭起來。

「是誰幹的？」

「我不知道……我……找到哥哥的時候，哥哥的脖子上纏著繩子……」

嗚咽使得話聲變得斷斷續續。

土田巡查一面迅速換上制服，一面大聲詢問：

「在哪裡？」

「夫婦松的旁邊……他倒在路上……」

嗚咽變得更激烈了。

「可惡！」

土田巡查的語氣充滿了憤恨。他全身血液沸騰，激憤的心情近乎痛苦地緊揪住他的心。

「馬上連絡本署。還有……總之，也通知山浦醫師……」

土田巡查就這樣往尚未明亮的黑暗當中奔馳而去。

圍繞牛伏村的群山稜線，清晰地刻劃在微明的天空中，看起來就像一頭巨大的黑色魔物一般。（這一瞬間，阿繁不吉利的一番話掠過土田巡查的腦海。）

——警察先生，那齣戲裡，最後總共有三個人被殺了。市助死得跟戲裡一模一樣。照這樣看的話，牛伏村裡還有兩個人要被殺……

手電筒的燈光在地面投下模糊的圓圈，只有那個部分，有如電影銀幕一般，被照得白亮。

光環的中心，「天皇」正靜悄悄地倒臥著。

髒兮兮的法蘭絨睡衣上放著一條細繩，赤腳上穿著草鞋。

趴在地上的身體，微微彎曲成く字型，捲起的衣擺下露出的一雙腳，瘦得讓人看了心痛。

纏繞並深陷在細瘦頸子上的繩子前方，丟了一本小型記事本，上面端正地擺放了一支鉛筆。

這些東西，靜默地處在白色的光圈當中。（實際上的確是鴉雀無聲。在這裡，沒有任何一個活動的東西。）

土田巡查整個人在好長的一段時間裡一動也不動，只是佇立在原地，俯視數步之前的屍體。（這個時候，三十年前某一天的記憶，突然毫無前兆地浮現在他的腦海。那是他進入中學之後的第一堂美術課。老師在黑板上寫了「靜物寫生」。他把它唸成「爭物寫生」，惹得老師發笑。這段可笑的記憶，卻在如此異常的狀態中，化成一種奇妙的波動，打動了他的心。）

光圈動了。土田巡查往前走去。

屍體就這樣放著，他為了仔細地觀察四周，彎下身來緩步走著。

這是條堅硬、佈著許多碎石的道路。屍體距離夫婦松數公尺遠，倒在比較接近部落入口的地方。以夫婦松為界線，再過去的道路便是陡坡，延續到山頭。

土田巡查首先從屍體旁邊往夫婦松走去。

就在他滴水不漏地查看路面，來到粗壯的松樹根部時，他注意到一只男用木屐掉在道路中央。撿起來一看，木屐相當新，上面燒有烙印，是個字。

屍體是光腳穿著草鞋。那麼，這只新的木屐是——土田巡查拿手電筒照了一圈。

啊！

土田巡查忍不住驚叫。

白色的光芒當中，出現了另一具黑漆漆地倒臥在地上的屍體！那是小木勝次。

(怎麼回事?他穿著和服褲裙!)

小木勝次腳朝著巨松根部，上半身往路上橫躺，上面穿著帶家徽的和服，底下則穿著褲裙，盛裝打扮著。

屍體正面朝上，像要看透占據虛空的深沉黑暗的底部似地，雙眼睜得老大。

而且他的頭旁邊，還孤伶伶地擺了一個天狗面具。

這些東西都在一瞬之間（不，或許其實已經過了相當長的時間也說不定）映入土田巡查的眼裡。

他關掉手電筒，無意識地從口袋裡取出香菸點燃。

遙遠的山峰，浮現在魚肚白的晨曦中。

「接下來……」土田巡查出聲說道。

雖然出聲，卻也沒有要行動的意思。

要在這彷彿從空間中被隔絕開來、深不見底的寂靜中活動身體，讓他覺得非常地麻煩。

寒冷的晨風吹進他的衣襟。

夜色終於開始明朗了。

第十章。特命爲總理大臣

這天早上，在侵襲牛伏村的異常興奮與一團混亂當中，土田巡查感覺到有如一下子老了十歲的強烈疲倦。

不只是土田巡查。接二連三蜂擁而至的搜查關係者，甚至新聞記者，眼睛都閃爍著異常興奮的神采，以變得敏銳無比的神經四處打探著。

已經熟稔這個村子的本署胖警部，光是一個上午，就至少連罵了三十次以上的「可惡！」

「這怎麼教人受得了？市助的案子都還沒破，又添了兩具屍體。而且其中一個是自以為變成了天狗大人親戚的虔誠信徒，另一個是牛伏村的天皇陛下。這可惡的犯人，一點都不怕天打雷劈嗎？實在可惡……」

死因是絞殺，這一點任誰都看得出來。

但是這兩具屍體不同的地方，是山森青年的頸部緊緊地纏繞著繩子，勝次卻沒有。不過，勝次的脖子留有淡淡的「絞溝」，是絞殺特有的痕跡。

至於推定死亡時間，勝次是在前晚九點到十點左右，山森青年則是清晨四點到五點左右。這是警察醫依照屍體外觀所提出的意見。

（以上的死因與死亡時間，與後來解剖的結果一致。也就是，勝次死亡之後經過數小時，山森青年才遭到殺害。）

「總之，有必要將目前調查到的事實再做一次整理。兩件死因都已經判明是絞殺。但是這是否出於同一個犯人之手，尚不清楚。不同的犯人所犯下的兩件殺人案，偶然地發生在同一個場所——這種狀況也必須列入考慮。那麼，首先關於這一點……」

署長用他特徵明顯的大眼珠狠狠地掃視在座眾人。

這裡是派出所的一室。

現場勘驗完畢之後，結束對相關者的偵訊，搜查官一行人才剛吃完延遲了的午餐。

「這是同一個人犯下的案件吧，絕對是。」司法主任自信滿滿地說：「手法完全一樣。犯人是個力氣頗大的傢伙。」

「我有同感。」

次席的胖警部深深點頭同意。

「兩個死者都幾乎沒有格鬥的跡象。我想殺人在一瞬間就結束了。小木勝次雖然掉了一只木屐，但是白布襪底卻完全沒髒。地面有許多小石礫，而且很堅硬，所以沒辦法從足跡得知狀況，不過可以從屍體的狀態推測，應該沒有經歷什麼太大的掙扎。」

「那麼……」署長嚴厲地望向土田巡查。「犯人是被害者的熟人，是不需要警戒的對象，在大意的情況下，突然被勒住脖子。這種狀況也有可能……」

土田巡查不禁垂下頭去。

他覺得接二連三犯下殺人案的犯人，彷彿在嘲笑自己的無能。沒辦法提出任何有力意見的自己，讓他覺得可恥。

「不過，這裡有一點疑問。」一個從剛才就蠢蠢欲動的刑警開口說：「的確很有可能是同一個人犯的案。但是勝次的死亡時間是前晚九點到十點，而山森卻是在接近清晨的四點左右死亡的。我想問的是，這兩個死亡時間的差距，是出於什麼原因?因為這樣一來的話，就變成犯人先殺害了勝次，卻並不逃離現場，在夫婦松附近停留了五、六個小時。」

所有的人都陷入沉默。

的確，這名刑警的疑問戳到了痛處。從犯罪者的心理來看，當然都會想儘早逃離現場。有什麼樣的理由，讓犯人必須和屍體一起在黑暗中共度數小時?

「那個叫山森的瘋子，習慣三更半夜在那種地方徘徊嗎?土田?」

聽到署長的聲音，土田巡查抬起頭。

「是，好像從以前就偶爾會這樣。他睡不著的時候，就會爬起來走出門。有時候他母親會擔心地跟著他，可是他好像都只是在附近逛一逛，馬上就回家了。」

「那，昨天晚上——應該說是今天早上，為什麼沒有人知道他出門了?」

「好像是不小心疏忽了。聽說他最近半夜都不會出門亂逛了，妹妹是在四點半左右起床如廁的時候，才發現哥哥不見了的。妹妹以為哥哥馬上就會回來，等了二十分鐘左右，可是一直不見人影，感到不安，才急忙出門去找。」

「母親在做什麼?」

「被女兒叫醒，兩個人一起出門了。母親在村公所附近找的時候，女兒從部落往山頭的方向找，結果就在通往山頭的入口處發現了哥哥的屍體……」

「那麼勝次的屍體……」

「她沒看見。勝次死在數公尺以外的地方。那個女孩突然在要上山的地方發現哥哥的屍體，嚇得立刻跑到派出所來。她說她連哥哥的屍體都沒碰，當然也沒有餘裕檢視周圍吧！」

本署的次席警部，從剛才起就一直熱心把這些發言記錄下來。

「我們還是應該依照殺人的順序來思考吧！想要一次處理兩具屍體是不可能的。我先整理了第一個被害者小木勝次當晚的行動……我現在把它唸出來，如果有遺漏或是需要更正的地方，麻煩告訴我。」

次席警部這麼說完，拿起筆記。

關於第一位被害者小木勝次——

一、勝次昨晚八點左右前往天狗堂阿鈴家。

二、同一晚，還有三位天狗法會的女性信徒（加代——餐飲業三十七歲。縫子——農業五十五歲。久米代——無職六十八歲），為了舉行他們所謂的「入教儀式」，勝次以幹部身份列席。

三、其他的幹部還有阿繁、阿久、阿常、阿梢，四個人也同席。

四、「入教儀式」在與阿鈴自宅相隔一條路的小丘上的天狗堂舉行。

五、儀式在九點左右開始，儀式的形式是三名女性一個一個進入拜殿，與阿鈴的咒文唱和，並在天狗面前懺悔她們最大的一個祕密。勝次從頭到尾都在拜殿裡，唸咒的時候負責敲打太鼓，或是處理阿鈴吩咐的雜務。

六、這段期間，阿久等四名幹部在拜殿前的空地與阿鈴的咒文唱和，祈禱入教者的「汙穢」能夠轉為「潔淨」。這些詞彙，應該是勝次想出來的。

七、依照加代、縫子、久米代的順序結束儀式後，阿鈴與其他幹部一起返回自宅。三名女性也同行。

但是，只有勝次一個人留在拜殿，熄掉蠟燭的火，收拾東西。

八、阿鈴等人來到阿鈴家前，回看天狗堂的時候，蠟燭的火已經熄了。她們以為勝次馬上就會過來。這個時候，鄰鎮每晚十點都會響的警報聲乘風傳來。

九、但是勝次沒有馬上回來。女人們聊天聊了十分鐘左右。雖然想喝茶，不過她們想等勝次一起來再喝，所以又等了十分鐘。但是勝次還是沒有回來。

十、阿鈴和久米代等不下去，到天狗堂去叫人。拜殿的門關著，裡面一片黑暗，為了慎重起見，她們進到裡面，擦亮火柴查看。可是勝次不在堂內。

她們覺得勝次可能是突然有急事，沒說一聲就走了，所以再度回到阿鈴家，眾人一起喝茶。

大家盡興地聊天，收拾完茶具，起身要回家的時候，已經是十二點了。（加代看了手錶，因此這個時間是確定的。阿常說她看到阿鈴家的掛鐘是十二點十分。）

十一、今天早上五點左右，土田巡查接到山森雪子的緊急通報，趕到其兄久次郎的殺人現場。此時，在距離久次郎屍體數公尺的地方，發現了小木勝次的屍體。

十二、勝次家只有夫婦兩個人，妻子在三天前回娘家探視父親的病情（這一點，已去電向當地警察署確認），因此勝次沒回家也沒有人起疑，所以屍體才發現得晚了。

「大致上是這樣的情形……」唸完筆記的警部，喝了一大口涼掉的茶，環視眾人。「關於我剛才說的，有沒有……」

原本一直閉目沉思的署長開口了：「沒有任何線索……這是最困擾的一點。沒有絞殺用的繩子，也沒有疑似遺留物的物品。……屍體旁邊的天狗面具，是被害者的物品吧？」

土田巡查打開自己的記事本。

「這一點是可以確定的。那是勝次從鎮上的玩具店買來的便宜紙糊面具，天狗法會的幹部每個人都有。他用一個一千圓賣給幹部。也就是做為升上幹部的證明，勝次強迫推銷的。加上其他部落，目前幹部總共有十名……」

「為什麼勝次昨天晚上會帶著那個面具？」

「他們舉行入教儀式的儀式時，不只是阿鈴，幹部們也必須戴面具出席。勝次這個人想出了許多很有演出效果的點子，阿鈴似乎也很高興地接受了。」

「家紋和服、和服褲裙這副盛裝打扮也是嗎？」

「是的。而且阿鈴還全身黑衣——與其這麼說，倒比較像是用大學教授穿的長袍那種輕飄飄的布包住身體，再戴上天狗面具，手持幣束。不管是舞台或是裝扮，都首重效果……」

「可是，」司法主任打斷他的話。「所有的幹部都有面具。那個面具不一定就是勝次的。」

「這一點也已經確認了。勝次自己的東西都會寫上名字或商號。木屐裡烙著的烙印，面具裡面也用墨汁寫著小木兩個字。」

「嗯……」司法主任於是默不作聲。

每個人心裡想的，都是嫌疑犯的範圍太廣了這件事。

總之，目前有明確不在場證明、不在嫌疑犯名單之列的，只有當晚從頭到尾共同行動的天狗法會關係者的八名女性。

死亡時間推定為九點到十點左右，但要查訪所有的牛伏村居民，正確地調查出這個時刻的行動，是近乎不可能的。而且就算真的調查，可信度也難以期待。

「啊，啊，怎麼會這樣呢？真想問問天狗面具，犯人究竟是何方神聖？」

警部突然大聲怒叫起來。

「來抽根菸好了……說到菸，死者的懷裡放著一包光牌香菸呢。外盒跟裡頭的菸都被壓扁了……這個村落的農民嘴巴還真挑。哪像我，只抽得起一根一圓五十錢的蝙蝠牌。」

警部說完，用力往天花板吐出了值一圓五十錢的煙霧。

「嗳，嗳。」署長苦笑著（他也拿出了香菸，而且是光牌）轉向警部：「我們繼續討論下去吧！關於第二個被害者，山森久次郎……」

「這個人更讓人搞不懂了……」警部再次打開筆記。

關於第二個被害者山森久次郎——

一、山森久次郎在當天下午，被一個村公所職員捉弄，心情很不好。

二、因此他一吃完晚餐，立刻就鑽進被窩裡睡覺了。每當遇到不愉快的事，他經常都會這樣，所以家人（母親與妹妹）並不特別在意。

三、一家三個人一起睡在村公所的工友室（八張榻榻米大），當晚村公所的宴會進行到很晚，母親和妹妹都累了，睡得很熟。

四、凌晨四點半左右，妹妹醒了。她沒看見哥哥的人影，立刻叫醒母親，等了一會兒，還是不見人回來，不安的兩人立刻出門搜索。

五、屍體在夫婦松附近被妹妹發現，妹妹立刻緊急通報派出所，土田巡查趕到現場時，約是五點半左右。

六、推定死亡時間是四點左右。頸部被麻製粗繩纏繞了三圈。這條粗繩是當地農民搬運行李時所使用的，一種叫做「揹繩」的繩子。

七、沒有任何疑似犯人的遺留物。屍體身邊有一冊久次郎隨身攜帶的記事本，鉛筆擺在上面，格外讓人印象深刻。

八、記事本缺了幾頁，但第一頁上面用難以辨識的文字，大大地寫滿了整張紙。據判讀是「特命為總理大臣」幾個字。

「特命為總理大臣啊。哼嗯……這個人有妄想症呢……」

聽到署長的話，警部點點頭。

「沒錯。被這個男人看中意的人，幾乎都拿過任命為大臣的委任狀。可以說他是吉田獨裁者[註1]吧！光是牛伏村就有數十名大臣……聽說土田也拿過不是嗎？」

「呃……說來實在不好意思……」

「不用謙虛，這是很了不起的事啊！你被任命為什麼大臣？」

「這……我啊，是那個……警視總監……」

土田巡查那副愧疚得無地自容的樣子，讓眾人不禁笑了出來。

「這麼說的話，」署長等到笑聲平息後說：「他的委任狀也不全是只有大臣囉？」

「是。因為他深信自己是天皇，為了撤換掉東條內閣的閣員，才一個接一個指派新大臣的樣子。除此之外，他有時候也會發獎狀。有個卡車司機就拿過被任命為東京站長的委任狀。」

「哦……」

「一個小學女老師和學生練習遊戲的時候，拿到文部大臣的任命狀，可是她覺得很恐怖，不肯收，結果久次郎非常生氣，」

「動粗了嗎？」

「沒有，他沒有動粗。他馬上跑去校長室大吵大鬧，說學校有美國派來的女間諜，叫

註[1]指一九四八～一九五四年間的日本首相吉田茂，曾任外交首相。他決定了日本戰後政治的基本路線，推動親美政策，作風強硬。

校長馬上把她開除，要不然就要把她交給憲兵隊。聽說久次郎本身就是被憲兵隊抓去之後，才變得那麼奇怪的。」

沒有任何人笑。戰爭即將結束之前，那段有如惡夢般的往日，化為令人心寒的記憶，掠過了每個人的心。

「筆記本上的文字，是不是他臨死之前寫下的？關於這一點，」

司法主任問。

「這一點我們已經調查過了。」

刑警立刻回答。看樣子，短短數小時之間，他們已經滴水不漏地完成了一系列調查。

「我也認為這一點很重要。在上次的事件中，我從土田那裡聽說了一些關於這個怪人的事……如果這些文字是他臨死之前寫的話，在這種情況下，他想要交付的對象就變得很重要了。那個人或許就是犯人，至少是最後遇到被害者的人……」

「可以這麼說。那麼，調查的結果是？」

「可以判定為臨死之前寫下的。我們去問過被害者的妹妹，那個叫雪子的女孩……她說她昨晚要入睡之前，看到久次郎放在枕邊的記事本，不經意地翻了一下，上面什麼也沒寫。久次郎從來沒有半夜爬起來寫東西過，只要寫東西，就一定會撕下來交給別人，這次應該也是……」

「而且，」司法主任說，「那亂七八糟的字，會不會是因為靠著月光寫字的關係？土田收到的委任狀的字怎麼樣？」

「雖然笨拙，可是規矩地分成兩行，字也比這次的更整齊多了。」

「我在筆記中也有記錄，屍體旁邊的記事本上，好好地擺著鉛筆，這一點讓人印象深刻。被害者一點都沒有抵抗的跡象。但是因為太過痛苦，所以放開了記事本和鉛筆吧！而且這些物品被整齊地擺在屍體身邊，這一點……」

「我也有同感。」

土田巡查對這番話感到非常有興趣。

那個時候，看到屍體的瞬間，有什麼地方一直讓他覺得在意，此時聽到司法主任的話，他覺得好像明白理由了。

「勝次的屍體旁邊也放著天狗面具，看起來也不像是格鬥的時候掉落的，而是被輕輕地擺在那裡的感覺。」

「兩具屍體有某種共通的地方。要說的話，就像是犯人的性格，或說是犯人的心情，犯人本身的氣味……」

日後，眾人才明瞭這番話究竟有著多麼重要的意味。

中午過後，搜查正式開始了。

警察擁有的多方面機能，全都一口氣活動起來。

這一天，土田巡查發了電報給白上矢太郎。他並不是期待白上矢太郎的協助，只是回應白上說若有任何異狀要記得通知他的話而已。

勝次與雪子之兄遇害

命案當天，就在一片混亂當中過去了。

踩著從前任者繼承來的褪色腳踏車，穿梭在村內各處的土田巡查，充滿了讓人心痛的悲壯感。

同一時刻，一輛計程車正登上前往牛伏村的崎嶇山路。

在車內（讀者啊，雖然這說明可能只是多此一舉），可以看見我們的白上矢太郎那令人懷念的樣貌。

第十一章。有誰看見了風

根據偵探小說的一般寫法，當案件發生，狀況愈來愈顯得不可思議的時候，名偵探就會手持菸斗，瀟灑地登場。

讀者們已經知道，白上矢太郎正在前往牛伏村的路上。

各位一定正期待他就是這位名偵探，會以他如神明般聰穎的判斷與洞察力，瞬間解明案件的全貌。

為此，作者也為白上矢太郎的登場準備了最為戲劇性的一刻。

（當然，作者絕對不會在這一點上輕率馬虎。作者早已在內心為他預備好登場的絕佳舞台了。）

然而，這裡卻發生了一個不幸。

白上矢太郎乘坐的汽車，在阿鈴家稍微上面一點的地方爆胎了。

「客人，真不好意思，我看這可能會花點時間，這路實在太糟糕了。」

矢太郎走下車，看到眼前是種有兩排松樹的一條長路，便爽快地對司機開口：

「牛伏村就快到了吧！沒關係，我用走的過去就行了。」

「真的很抱歉哪。走下這條路，就是村子的入口了……若走路的話，頂多走個二十分鐘左右吧！」

「用走的比較快呢。那，辛苦你了……」

就這樣，白上矢太郎悠哉地走上已經夕陽西下的山路。

勝次與雪子之兄遇害——他再一次回想土田巡查寄給他的電報。雖然不瞭解命案的詳情，但是他感覺到其中必與市助的死亡有所關聯。

不過說起來，這的確教人吃驚。市助的事件之後才經過一個多月，又有兩個人被殺了。如果這是同一個人所為，那麼真的不得不說犯人實在是太膽大妄為了。

一個對自己精巧設計的殺人計畫有著絕對自信的人物，藉著他冷靜而透徹的意志展開敗德的饗宴——白上矢太郎忽然覺得似乎聽見無聲的嘲笑，而咬緊了嘴唇。

鬥志頓時湧上全身。

他的登場，並非出於對土田巡查的禮貌或同情。說他是門外漢愛湊熱鬧，也太嚴厲了些。

白上矢太郎接到電報的同時，便立刻衝出事務所的舉動，等於表現出了回應看不見的犯人挑戰的不屈鬥志。

天空已經逐漸染上夜色。來到接近兩排松樹盡頭的地方，他停下腳步。

視野的彼方，牛伏村一帶正朦朧地逐漸沉入傍晚的餘光中。

他彷彿要將這副情景刻畫在心中似地，在原地佇立了好一會兒。

就在這個時候。

派出所裡，以司法主任為中心，總算開始彙集出一個意見。搜查線上浮現了池內伍郎的名字（關於這一點，土田巡查的建議派上很大的用場。一方面是因為雪子被叫去伍郎家的稻草倉庫，被逼迫站在伍郎那一邊的事實；另一方面，也是因為刑警們聽說了村人之間流傳的耳語，說這麼一來，伍郎就可以為死去的老爸報仇了。）

從一早到下午，都一直沒頭沒腦地盡是大吼大叫的司法主任，頭一次露出鬆了一口氣的眼神，望向土田巡查和刑警們。

「看樣子就快接近破案了。這應該是頹廢青年衝動之下犯的案，錯不了的。伍郎深信毒殺父親的犯人是小木勝次。再加上勝次最近當上天狗法會的幹部，手頭闊綽，收買無知村婦們的歡心，下次的選舉鐵定當選。所以土田，選舉的告示是什麼時候？」

「還有十天。」

「開始焦急了是吧！另一方面，伍郎周圍一些對勝次反感的人，推舉伍郎當上候選人。只要說是為父報仇，就可以得到同情票，應該是沒問題的。從那些人的角度來看，應該是盤算著煽動不知世事的伍郎，好白喝幾杯酒，不過究竟如何就不得而知了。但是伍郎醒悟到再這樣下去沒有勝算……」

「所以就對那個叫雪子的女孩出手了。用肉體關係威脅，要她作戲，向警察投訴。可惡，這個策略還頗高明哪！」刑警說到一半，被打斷了。

「但是，那個女孩並沒有照著伍郎說的去做，最近甚至避不見面。所以伍郎終於對勝次萌生了殺意，偶然變成了昨晚的犯案……」

「偶然……嗎？」

土田巡查抬頭，一臉難以信服的樣子。

「沒錯，除了偶然，還有其他的可能嗎？」

「可是，這一點實在有點……」

「你的意思是？」

「也就是，被害者勝次為什麼不到阿鈴家去露個臉，而一個人單獨走下夫婦松呢？」

「是突然想起了什麼急事吧。」

「而且，若說同一時刻伍郎正好經過那裡，我覺得實在太巧了……」

關於這一點，司法主任打從一開始就沒有什麼自信，但是這也無法構成否定伍郎是嫌犯說法的理由。

刑警提出別的意見。

「主任的高見雖然也有獨到之處，不過我還是覺得這是計畫性的犯案。」

「你是說，嫌犯不是伍郎？」

「不，嫌犯是伍郎。只是，照主任的說法，伍郎和被害者是偶然在犯罪現場相遇的。但是剛完成信徒入教的重要儀式，勝次卻不回到大家在等的阿鈴家去，這說不太通……」

「所以說他是想起什麼急事……」

「重點就是這裡。有沒有可能是，勝次和伍郎一開始就約了要見面？而且八成是伍郎把勝次找出來的。已經計畫好要殺人的伍郎對勝次說，他有關於選舉的祕密要事想要商量，不想被其他人看見，今晚正好有入教儀式，儀式結束之後你立刻來見我，我會在松樹那裡等你——像這樣把他約出來。或者是暗示勝次，要跟他進行在選舉上有利的交易，以此為藉口……」

「原來如此。的確是有可能。這是常有的事。眼看都要選舉了，若想要對方撤銷候選人身份，就得先付一筆辭退金再說，是吧？勝次有可能是回應了伍郎這樣的提議。如此一來，犯案便是計畫性的，伍郎和勝次會在夫婦松碰面，也不是偶然了。總之，伍郎的不在場證明會是重要的關鍵……」

「要傳喚他過來嗎？」

「嗯……遲早得問清楚的。怎麼樣？先暫時談到這裡，來用晚餐吧？搞得我眼睛都快花了。」

「而且關於山森天皇的案子，也得再仔細想想才行呢！如果犯案者也是伍郎的話，動機就完全不明了……」

「總之先填飽肚子再說。來吃飯啦！土田，不好意思，總是麻煩夫人……」

土田巡查鬆了一口氣似地站了起來。由於清晨以來的混亂，他根本沒時間吃早餐，午餐也只塞了一顆飯糰，又四處奔波，也難怪他吃不消。

「喂，信子，要吃飯了！晚餐還沒好嗎？」

像是回應他的聲音似地，玄關門喀啦啦地打開，一個男人探進頭來。

「哈哈哈，土田前輩，看樣子我趕上晚飯時間了。正好，我帶了瓶頂級威士忌，正好晚餐前來享用。啊，夫人，前些日子失禮了。」

白上矢太郎終於抵達了。

大體來說，刑事律師與警察官之間的關係，在「犯罪調查」這一點上雖然站在相同的立場，卻動輒陷入對立的情感，這件事似乎是不分東西的。

偵探小說當中，也原封不動地採用了這樣的關係，像是賈德納註[1]作品中的佩利・梅森律師，老是與德拉格警探彼此揶揄諷刺，島田一男註[2]的南鄉律師，有時候也會對刑警們表現出傲慢不遜的態度。

不過，白上矢太郎完全可以從這個法則排除。

說老實話，當左手撩起長髮，右手拿著威士忌角瓶的他突然闖進這個——說得有點誇張的話——殺氣騰騰的派出所一室的時候，土田巡查瞬間驚覺不妙，驚慌失措地望向繃著一張臉的司法主任。

但是，這完全是杞人憂天。

白上矢太郎簡單俐落地自我介紹，說明來訪的原因，敘述他個人對兇手的激憤之情，中間穿插他過去原本是警官的經歷，並慰勞眾刑警的辛勞。白上矢太郎利用他絕妙無比的口才，不知不覺中順利地坐上了案件中心人物的位置。

（完全沒有土田巡查插嘴的餘地。晚餐的一個小時之間，白上矢太郎帶來的威士忌的最後一滴倒進五人的杯中時，一種與舊友歡談的安心與滿足感，伴隨著微笑浮現在醉醺醺的五張臉上。）

雖然外表嚴肅，但骨子裡是個老好人的司法主任，完全折服在矢太郎散發出來的魅力之下。

他主動說明事件的概要以及目前調查的成果，甚至尋求矢太郎的意見。看到這完全意料之外的結果，土田巡查不由得露出鬆了一口氣的表情。（不僅如此，在黃昏時分返回本署的署長和次席警部，也要土田巡查代為向矢太郎介紹他們兩位。）

到了這個時候，白上矢太郎的巧言舌辯會愈顯鋒利，也是理所當然的。

他就像面對百年的知己似地，以親熱的笑容環視眾人。

「市助是不是真的相信天狗的神水能治百病，這一點值得存疑。而且他甚至在陷入死前的痛苦時，都把希望寄託在那杯水上。小木勝次也是，明明對阿鈴這個女性抱持批判的態度，卻突然搖身一變，成了信徒。他為了天狗法會的蓬勃發展，想出種種計畫，卻神祕地死亡了。天狗法會的中心人物，為何會這樣接二連三死去？我認為這次的事件之謎，就在這裡……」

「白上先生，」一個刑警開口說，「市助相信天狗的神水靈驗，這一點是千真萬確的。雖然發生了這麼多事，聽說部落裡的老人家們，還是會去那口井汲水。」

註[1]賈德納（Erle Stanley Gardner，1889～1970），美國推理小說作家、律師。代表作為以律師佩利・梅森為主角的法庭推理。一九六二年獲得美國推理作家協會大師獎。

註[2]島田一男（1907～1996），島田作品中經常出現和警方有關的人物，如刑警、公安、律師、鑑識人員等，是日本警察小說的代表作家。一九五〇年以《社會部記者》獲得第四屆偵探作家俱樂部獎。

土田巡查接口道：

「我想這是出於一種心理作用吧。精米店那個叫阿梢的女人到現在還在宣揚說，她猛灌多少成藥都治不好的頭痛和倦怠感，喝了天狗的神水就一口氣治好了，是不可思議的靈水。」

「她說的靈水，的確是有效沒錯。」

聽見白上矢太郎一本正經地斷言，司法主任笑著望向他。

「既然這樣，這麼說來白上先生也非常有成為天狗法會信徒的資格囉。」

「不，我說的是科學的真理。那個叫阿梢的女人，我想應該是慢性便祕吧，所以才會老是覺得頭沉甸甸的，身體倦怠。一這樣，就一整天心情鬱悶地關在家裡。但是，被勸說加入天狗法會的那天，她一早就拜訪阿鈴家。走到位在半山腰上的阿鈴家，運動量相當大。而且由於喉嚨乾渴，她往空腹的肚子裡灌進大量冷水。步行往返與一早的冷水適度地發揮作用，那一天她的肚子一定是難得地通暢。這樣的行動持續一個星期的話，便秘一定會完全治好，頭也跟著變輕了。」

「原來如此。聽你這麼一說，倒是理所當然，這確實是科學療法。記得有句俗諺是叫『老人飲冷水』註3吧……」

土田巡查的話惹來眾人大笑。就在這個時候，房間的紙門打開，信子夫人探頭進來。

「老公……志麻說有事找要找你……」

「志麻？她來了嗎？」

「嗯。她說關於今早的事，有急事要告訴你……」

司法主任的表情立刻緊張起來。

「山森志麻嗎？被殺的久次郎的母親是吧！總之先請她進來吧。或許能得到什麼線索也不一定。」

進到房裡的志麻，像是有些被在場的人給嚇著了似地，呆站在原地，土田巡查立刻出聲招呼她。

「志麻，先坐下吧。聽說妳有話要告訴我們，不用擔心。這裡在座的都是警察，大家都為了替妳兒子報仇，盡心盡力地在辦案。」

「是……我拜託各位了……警察先生，我真的好不甘心……」

志麻忍住一開口就變得哽咽的聲音。

「所以，不管什麼事都告訴我們吧。妳是不是想起了什麼事？」

「警察先生，這件事我剛才才從雪子那裡聽說的……她說昨天晚上大概十點左右的時候，池內家的兒子……」

「伍郎嗎？」

註[3]原意為不服老。

「是，那個伍郎來到村公所的窗邊，偷偷地往裡面看。他一看到雪子，就招手要她出去……」

司法主任隨即探出膝蓋。

「十點？這個時間沒錯吧？說到十點，勝次就是在這個時間前後被殺害的。」

綜合山森志麻的話——

昨晚，村公所舉辦民生委員的集會，之後，照往例又變成宴會。

志麻和雪子忙著準備酒和料理，從黃昏開始就一刻也不得閒，直到委員們和村公所的職員離開之後，才鬆了一口氣。雪子想要喝個茶休息一下，望向工友室的時鐘時，正好是十點。

就在這個時候，有人從外頭輕輕敲著房間的玻璃窗。（志麻還在村公所的二樓收拾東西。）

雪子往外頭看，與站在窗外的伍郎視線對上了。伍郎向她招手，要她出來，但是雪子沒有出去。事後她對母親說，因為伍郎的表情太恐怖，她嚇得不敢出去。

伍郎一次又一次招手，但她一直搖頭拒絕，於是伍郎伸手抓上窗戶。雪子嚇了一跳，以為他要進來，但是伍郎只是把一封信從窗戶的縫隙丟進來，然後狠狠地瞪了雪子一眼，就這樣消失在黑暗當中。

「我收拾完東西回來一看，那孩子一臉蒼白地站在那裡。我問她怎麼了，她也不回答。雪子是個乖孩子，可是有時候村裡的年輕人會來調戲她，我以為又是那樣，所以喝了茶就睡了。她今天一整天都在哭，一直講她哥哥的事，然後突然想起昨晚發生的可怕的事，才把伍郎的事告訴我……所以，警察先生，我想，這件事如果能派上什麼用場的話……」

「那，志麻，妳說的那封信……」

「是這個。那孩子說不方便給別人看，可是我想還是讓警察先生過目一下比較好。」

眾人的視線集中在志麻遞出來的信上。只有一張信紙，上頭的字跡非常流暢。

——阿雪。之前我跟妳說的事，究竟怎麼了?我每天都在擔心。我相信阿雪的愛，我想妳應該會做得很順利。我不曉得妳為什麼最近要避著我。讓勝次在這次的選舉中失利，是我倆永遠結合的第一個步驟。我想再見妳一次。我想把妳擁在懷中，再一次和妳約定之前的事。明晚八點，老地方見。這封信看完馬上燒掉。給最心愛、最真誠的同伴，雪子。寂寞的伍郎。

「寂寞的伍郎。這男人還真不能小看呢。」司法主任說。

「那孩子現在好像後悔了。她說伍郎連個性都變了，所以警察先生，我擔心這次的事會不會是雪子起的因……」

「不，也不能就這麼斷定。主任，怎麼樣?這封信……」

「總之，信就先交給我們保管吧。明天早上我們會以嫌疑犯的不在場證明為中心繼續徹底調查。白上先生的意見，也等到明天早上再請教，我先回去和本署連絡一下吧。那麼大嬸，辛苦妳了。」

目送司法主任的吉普車駛進牛伏村的夜色當中，土田巡查與刑警再度回到客廳時，白上矢太郎正在把剛才聽到的話依序記下來。

「土田前輩，你說昨晚一直到天明都刮著大風是吧？大概是幾點的時候？」

矢太郎突然提出奇妙的質問。

「風？」

（土田巡查好像根本忘了這回事，但白上矢太郎卻將它牢記在心中，讀者們也覺得詫異吧？但是就像第九章開頭記述的，今天早上也吹著猛烈的強風。）

「是啊！剛才我聽到你這樣說。」

「嗯……真的是很強的風。大概從三點一直刮到四點，風總算平靜下來，我快要睡著的時候，就被雪子那個女孩叫醒了。這件事怎麼了嗎？」

「不，我只是有些在意。這附近有氣象觀測所嗎？」

「S鎮上有高原氣象觀測所。可是，風到底有什麼玄機？」土田巡查摸不著頭緒地問。

白上矢太郎拉開嗓門，發出有些變調的聲音。

「土田前輩，以前學過這樣的歌吧？有誰看見那風兒？你和我都看不見，可是樹葉搖吩搖，風，兒擦身就吹過……」

土田巡查和刑警們一臉愕然，好一陣子直盯著矢太郎的臉看。

第十二章。北風與不在場證明

白上矢太郎的小姨子嫁到這個牛伏村來，這件事前面已經提過，但是這對小姨子夫婦現在和矢太郎一樣住在U市，多元化地經營著運輸業。

所以，那天深夜等待著辭別派出所的矢太郎回來的，是長男夫婦與他們的小孩們，他們簡樸的歡迎，讓矢太郎感到極為惶恐。

「我這人實在好管閒事，闖進這種案件裡，結果要麻煩你們照顧了……」

「用不著客氣，如果是為了抓到恐怖的殺人犯的話，我們一點都不覺得有什麼麻煩的。你要好好加油呀！而且如果你真的找出了犯人，我們全家人都沾光呢！」

「說到沾光，那個天狗大人——你們一家人沒有加入天狗法會嗎？」

「才不呢，我相信的只有佛祖而已。祖先也是，只要好好祭拜就不會錯了。說起來，牛伏村這個地方，原本是個和平的村子。這幾十年來也沒發生過什麼大事。火災、小偷跟殺人這種事，我一直覺得是遙遠的國家才會發生的……可是天狗法會這東西出現之後，突然就開始發生恐怖的事了。相信那種瘋女人的人，都被死神盯上了。」

這個時候，微弱的太鼓聲沿著黑夜盡頭傳了過來。瞬間眾人都安靜下來，傾聽乘著夜風而來的鼓聲。長男的媳婦縮縮脖子，低喃了一句話，令人印象深刻。

「那個殺人犯，現在也在什麼地方聽著這太鼓聲嗎？阿鈴也真是個罪孽深重的人哪。」

翌日早晨。

早餐之前，白上矢太郎就出門了。寒冷的微風吹拂而過。他深深地吸了一口涼爽的清晨空氣，覺得肺部好像被洗滌一般地清爽無比。

來到派出所前面，他看見土田巡查還穿著睡衣，正為擺在入口處的菊花盆栽澆水。

「嗨，土田前輩，真勤快呢。」

「早啊……真的很奇妙呢，年紀一大，對植物的愛情就愈深。這麼一大早，怎麼了嗎？」

土田巡查停下手來，點燃香菸。

「其實，我有個請求。昨晚我想了一下。」

「什麼？」

「雖然不曉得辦不辦得到，最初的犧牲者池內市助……」

「嗯。」

「我想把他死亡當晚的情形重現一次。」

「你的意思也就是？」

「請當晚在場的關係者再次齊聚一堂，盡可能忠實地重現直到市助死亡為止的經過。我認為這三個案件彼此有關聯，所以想從查不出下毒手法的市助殺害事件開始解明。其實我已經有了一些想法……」

「原來如此。警方之前也曾經召集幾個人做過同樣的事。」

「結果呢？」

「白費工夫。還是搞不懂。」

「我想親眼再確定一次。怎麼樣？能不能想想辦法？」

「總之，司法主任今天會過來，我跟他說說看吧，完全重現當時的情景，或許相當有趣也說不定。」

「那，市助的案子就由我來處理，就麻煩你準備了。當然，請土田前輩也出席。不過今天要進行那個名叫伍郎的青年的調查是吧。」

「嗯，調查不在場證明的同時，也要徹底查清伍郎的事。」

「有關不在場證明，我也蠻有興趣的。如果早上會去伍郎家的話，我也想一道同行。」

「我知道了。」

「那，我先回去一趟，用完早餐。啊，還有，我希望可以打個電話去你說的高原氣象觀測所，問清楚昨晚吹的風向、開始和停止的時間，還有風速。」

「你怎麼這麼在意風的事？到底……」

土田巡查抬起頭來，但矢太郎輕巧地避開他的視線，望向菊花盆栽。

「秋季烈風──叫做『野分』是吧。野分吹芭蕉，聆聽雨點落盆之夜──在俳句裡，野分是風流的季題[註1]，但在這次的命案裡，卻是有些血腥的風呢。」

接著，矢太郎悠閒地走出了派出所的門。

註[1]俳句、連歌當中，為了表示季節而吟詠入詩的特定詞句。也稱季語。

伍郎家雖是稻草屋頂，卻是棟木質堅實的建築物。巨大的山毛櫸，像要遮蔽住整個主屋似地伸展出枝葉。儘管如此，日照不佳的庭院裡還是開滿了秋季的花朵，然而這些也被昨晚的狂風吹亂，在狹窄的地面擁擠地垂著頭。

「被昨晚的風吹得蠻慘的哪。」

土田巡查在簷廊坐下，先喝了茶，然後以這樣輕鬆的語調向對面的伍郎搭話。但是伍郎笑也不笑，對坐在土田巡查旁邊看著自己的白上矢太郎投以諷刺的視線。

「你也是警察嗎？」

「唔……算是協助辦案的人吧。」

土田巡查接口回答，伍郎眼裡浮現分不出是輕侮還是嘲笑的神色，一臉挑釁地瞪向矢太郎。

（等待警官抵達之後，早上再度舉行了搜查會議，經過一番討論，伍郎的嫌疑只是變得更加濃厚。土田巡查負責調查他的不在場證明，與白上矢太郎相約前往拜訪伍郎家，但是不能否認，伍郎一開始就露出反抗的態度，破壞了土田巡查對他的心證。）

「這麼說的話，」伍郎嘴邊浮現痙攣一般的笑容。「也就是你們終於找到殺害老爸的嫌犯線索囉？警察先生，不好意思勞煩你還特地過來通知，那麼，兇手到底是誰？」

土田巡查聽到伍郎嘲諷的質問，難掩狼狽之情。

「唔，這個嘛……這……目前還在調查當中。今天過來找你，是為了別的事。」

「找我？」

「沒錯。昨晚小木勝次被殺了，緊接著山森久次郎的屍體在同一個地方被發現。關於這件事……」

「我可什麼都不知道。」

「我想問你，你昨天晚上九點左右到今天早上在什麼地方？和誰在一起？」

「警察先生！」伍郎的口氣極其強硬。「在這次的事件裡，我可是被害者、是犧牲者之一啊！」

「我知道。」

「不，你根本沒搞清楚。我很明白，昨晚的事發生之後，村裡的人是怎麼說我的。是誰說出這種話的，我心裡也已經有底了。那些人想要陷害我，把大家的注意力從老爸的命案轉移開來。警察也利用這一點，想要故意模糊命案的焦點！」

「沒有那種蠢事。不過，你曾經對某個人說，殺害你父親的兇手是小木勝次。而現在那個小木勝次被殺了……」

「所以說我是兇手，這才是愚蠢至極的誣賴。還是說，警察先生，只要明白了我昨晚的行動，就能夠馬上查出殺害我爸跟勝次的犯人嗎？」

「所以說，我們要分析各種調查結果……」

「哈、哈哈哈，分析能得出什麼結果？還是你們打算把它賴到天狗作祟頭上？如果需要的話，要我說再多都沒問題。只是因為太蠢了，我根本就不想說。」

「伍郎！」此時，白上矢太郎初次開口了：「我們非常需要知道你的行蹤。你昨晚的行動，會是發現兇犯的重要線索。要我發誓也可以，如果你老實地說出昨晚的行動，我想我一定可以在兩、三天之內，揪出犯人是誰。」

瞬間，伍郎嚇了一跳似地直盯著白上矢太郎的臉。白上清澈的瞳眸，正筆直地注視著自己。矢太郎充滿自信的態度，似乎反而撩起了年輕男子的反抗心。

伍郎挑戰性地大叫：

「有趣！警察花了一個月，連犯人的影子都找不到，而你竟說要在兩、三天之內看破真相？那我們約定好了。你要在三天之內找到犯人。以此做為條件，我可以回答你們無聊的問題。」

「很好。」

「但是，不會有任何收穫的。昨晚我被心上人狠狠地甩了，是個悲劇的一晚……」

「那更是好了。」

矢太郎笑著點點頭。

就這樣，伍郎的不在場證明調查才終於得以開始。而土田巡查會感到吃不消也是情有可原的。

（年輕的缺點就是容易失去感情的平衡。反抗權威、與破壞結盟、喜好在爭鬥當中誇示自我。他們的一舉一動，全都是一種表態，強迫觀眾對他們的猴戲鼓掌叫好。啊啊，這就叫做「青春的特權」嗎——土田巡查的心中會掠過這樣的感想實在值得同情。然而身為

「民主警察」的他，只能默默地傾聽伍郎態度傲慢的發言。）

「那麼，呃，反正還是要做筆記的嘛，警察先生，照我說的去寫會比較輕鬆喔！」伍郎的態度完全把人看扁了。

「可以在記事本上畫四條線嗎？最上面是時刻，接著是行動，第三欄是證人，或是待查證的事實，最下面是備註。警察調查之後的結果是否屬實，可以記在這裡。怎麼樣？很有條理吧？」

土田巡查露出快要爆發的表情，像要咬人似地大吼起來：

「昨晚九點！從這個時候開始說！」

「九點到九點半左右，我在自家的客廳沉思。內容……就當做是計劃即將舉行的青年團的舞蹈講習好了。證人只有一個，我母親。不過，只有我本人和天地神明最清楚……」

「廢話少說。」

「不過這段期間，隔壁家一個叫阿純的國中生拿了村公所有關部落集體X光檢查的傳閱文件過來，他曾直接和我說過話，也可以算是證人吧。」

「然後呢？」

「九點半左右，我出門訪問相隔兩家之外的青年團員根本的家。我和他商量了一些舞蹈講習的事。大概談了二十分鐘，他看了看時鐘，說：『再十分鐘就十點了啊，已經很晚了，明天召集團員再討論一次比較好。』然後打了個大呵欠。我也贊成他的話，所以打道回府了。證人是根本，還有他的幾個家人……」

「十點的時候，你去了村公所吧？這又是為什麼？」

「哈哈，這件事你們也知道啦？我想就算那女孩不說，她媽也會說出去……這樣的話，說起來就更輕鬆了。我離開根本家之後立刻就到村公所去了，正好十點的時候抵達。用走的大概十分鐘吧。」

「你去做什麼？」

「我只是去見雪子而已。戀愛是自由的吧？我向雪子打暗號，可是她卻不出來，我被直截了當地甩了。一旦被甩，我青春的熱血反而更加沸騰。我想硬把她叫出來，可是她媽也在那裡，真是無可奈何。我在那裡站了十分鐘左右。她們兩個喝著茶，她媽媽一直在說出席宴會的民生委員的壞話。說什麼一個委員當她是女人就瞧不起，握她的手吃她豆腐，還抱怨怎麼連半點料理都不剩，一群人吃得精光……」

「然後呢？」

「我就回家了。時間正好是十點十五分。這個時間不會錯的。正好S廣播的農家廣播時間結束，說了：『明天也是大晴天，那麼各位，明天也請勤奮地工作……』」

「證人呢？」

「貓。」

「貓？」土田巡查必須花費很大的力氣，才能夠壓抑滿心的憤怒。

「不要說無聊的笑話！」

「不是，是隔壁家的貓跑進我們家來了。是隻小花貓。我回到家的同時，隔壁的大嬸穿著睡衣，就這樣打開屋旁的木窗，問我有沒有看到她們家的貓。那個時候我聽到廣播說：『十點十五分，又到了明星歌手歌唱三人組的時間了。』我抱起貓，送到木窗旁邊去，大嬸好像也在聽廣播，說：『十點十五分啦，這麼晚了，不好意思打擾了。』所以應該不會錯的。」

「嗯……」

土田巡查陷入沉思。從伍郎家到勝次被殺害的夫婦松，就算用跑的也要花上十分鐘。往返二十分鐘，估計犯案時間是五分鐘好了，那也需要二十五分鐘左右。但是如果伍郎說的都是真話，那麼他從九點一直到十點十五分之間的行動，是找不出二十五分鐘的空白的。

勝次的推定死亡時間是九點到十點。法醫雖然沒有斷定，但幾乎確定是在九點半以後。（因為勝次直到入教儀式結束的九點半都還活著，所以限定在十點之前的死亡時刻，當然也就意味著犯案時間是九點半到十點之間的三十分鐘。）

總之，伍郎的證詞必須查證，但是八成不會有錯。土田巡查恨恨地望著露出狂妄笑容的伍郎，然後舔舔鉛筆，換了個問題。

「今天早上，算是清晨吧，四點左右，你在哪裡？是不是又想起來，跑到村公所去了？總不會待在家裡睡覺吧？」

「我是在睡覺沒錯啊。」

「可是沒有證人吧？總不會又有貓跑進來，早上四點也不會有廣播吧……」

「不巧的是，」伍郎露出整齊的牙齒微笑。「我有個無法動搖的證人。」

「誰？」

「昨天晚上一整晚刮著大風。大概是三點左右吧，我昏昏沉沉地躺著，可是一直睡不著。不過一陣子之後，傳來砰砰巨響，把我給吵醒了。我媽也嚇了一跳，醒了過來。後院那裡有什麼東西被風給吹倒了，我立刻起身去看。隔壁家買了很多鋸圓木剩下的弧形木板，要當做燃料用的，為了讓它乾燥，直立著靠在圍牆邊。結果那些木材一口氣全倒塌了，把我們家種來插花用的菊花園壓得亂七八糟。警察先生，這種時候，隔壁家應該賠償我們的損失吧?恰好，你要回去的時候，順便調查一下吧。」

「那是什麼時候的事？」

「正好三點半。我媽起來，大吵大鬧的，隔壁家的作平先生也跑了出來。風還在吹，不過我們還是點亮後院的電燈，三個人一起收拾，把木板重新堆好，弄好的時候風已經停了，我們三個人休息了一下，談到到時候再估計損失大概多少錢。雖然三更半夜的，我媽還是泡了茶，作平先生要回去的時候看了看時鐘說：『四點半，都這種時間了，天都要亮了。』然後苦笑著回家去，所以時間方面也沒問題。後來我已經睡不著，就這麼一直醒著。一陣子之後，村子裡開始吵鬧起來，聽說勝次被殺了，我也跑到松樹那裡去湊熱鬧。」

原本一直默默聽著的矢太郎突然一臉感興趣地盯著伍郎，開口問道：

「伍郎，風停之後，直到鄰居回去，大概經過多久時間？」

「這個嘛，在收拾木板的時候風就停了……我想大概四十分鐘左右吧！話說回來，」伍郎轉向土田巡查。「以上就是我昨晚的行動。警察先生，這個人已經和我約好了，我可以抱著期待，三天之內一定可以找出犯人是吧？分析之後，如果有什麼好結果，請務必告訴我。」

像要逃開伍郎糾纏上來的言語和視線，土田巡查站了起來。

「白上，我們走吧，順便去看看菊花園的狀況好了。伍郎，回到署裡之後，我們會再慢慢分析的。至於怎麼種植菊花，我現在就可以教你……」

走出門口的土田巡查，不高興地沉默著，反倒是白上矢太郎的表情變得更加明朗，讓他感到意外。

「土田前輩，那個男的還真是與眾不同呢。」

「實在是個教人不愉快的傢伙。那種態度就叫叛逆嗎？我們那個時代根本不會這樣的。」

「對了，我拜託前輩調查風的事怎麼樣了？」

「哦，我去問過了。昨晚的風大概是風速十五公尺，北北東方向，三點十分到四點非常強烈，四點十分左右，就變成幾乎無風狀態了。」

「北北東方向的話，在這個牛伏村是……」

「正好是從松樹那條路朝我們現在的位置直吹過來吧。」

「哦，有意思。這該怎麼說，真是上天的安排。原來如此。」

矢太郎一個人不曉得高興個什麼勁，土田巡查對他投以焦躁的視線，原本想說什麼，但還是保持沉默。矢太郎又用他完全走音的歌聲唱起昨晚的歌來。

「有誰看見那風兒……你和我都看不見。可是樹葉搖呀搖，風兒擦身就吹過……」

「白上，我先在這裡告辭了。還得去查證伍郎的話。」

「說的也是。我想那個人說的應該是真話。那，我就去那間酒店『千鳥』看看好了。我還沒見過傳說中的夫人呢！呃，『千鳥』在隔壁部落的郊區是吧，正好是不錯的散步路線。」

白上矢太郎就這樣往右一轉身，跨步走去。離去的他，又用口哨愉快地吹起剛才的旋律。

土田巡查一副拿他沒輒的表情，目送著他的背影。

第十三章。蠟燭熄滅之時

這個時候。

酒店「千鳥」中，夫人加代坐在擺著不曉得是早餐還是午餐的餐桌前，一個人啜飲著杯中的冷酒；也就是所謂的「悶酒」。

昨天一整天，加代以證人的身份被找去，關於命案當晚的狀況，遭到了連珠炮般的質問。刑警甚至想問出勝次拜訪千鳥的次數，以及付錢的情況。

當然，警方對勝次的女性關係以及他突然加入天狗法會的內幕特別有興趣，但是對加代而言，這些都只是繁瑣而且意外的問題。

「天狗大人怎麼一點都不可靠呢？何必剛巧就在我入教的當天晚上，既然是天狗，至少有讓殺人命案延期的力量吧！」

加代愈是對刑警囉嗦的偵訊感到氣憤，對方便愈覺有趣地挑她的語病。

「說這種遭天譴的話，搞不好天狗大人也會對妳作祟唷？」

「少來了。我又沒做什麼壞事……」

「意思是說，勝次做過什麼壞事是嗎？」

「我哪知道啊？我又不是成天黏在那個人旁邊。我只是把店裡的一個客人的事情說出來而已。就算你們想再問出什麼，我也無可奉告了。」

「這樣嗎？說得這麼冷淡，勝次會死不瞑目啊！聽說勝次在妳身上花了不少錢不是嗎？」

「女人和男人是酒伴。那些什麼愛來愛去的話，不過是下酒菜而已……」

有過這樣的一段你來我往之後，她會在今天早上一起床就神色愀然地喝上一杯酒的心情，也不是不能理解的。

此時，白上矢太郎突然進來了。

「誰啊？」

加代沒上妝的臉埋在支撐在矮桌上的雙肘間，抬起因醉意而變得濕潤的眼睛。

「店還沒開噢……」加代一臉不高興地皺起眉頭。

「我是這裡的警察，也就是土田先生的朋友。不過我不是巡查或刑警。」

矢太郎在門口坐下，一口氣說了起來。

「我是昨天來到這個村子的，我和土田先生是老朋友了。話說回來，夫人，一來到這個村子，就讓我嚇了一跳。聽說一個晚上就發生了兩起命案呢！結果也沒辦法跟土田先生好好敘舊了。不過仔細聽了狀況之後，我這麼說雖然對死者有些不敬，可是好像還蠻有意思的。首先，登場人物非常有特色。天狗教這種珍奇的宗教，首先就深得我心。再加上被殺害的被害者是天狗教的頭號信徒，另一個又是這個村落裡被稱為天皇的瘋狂青年。而且夫人，這個村落之前發生過另一起殺人案，犯人還沒抓到。對於最近渴望體驗奇妙且異常的驚險快感的讀者而言，這種怪異事件是再適合不過的了。好，就拿這個來當題材，讀者絕對會喜歡的。既然這樣，加上照片，把它整理成一篇世界珍奇事件也蠻有意思的。沒想到我不僅是來玩，還碰上這麼有賺頭的事……」

「等一下，你是東京人嗎？」

「好厲害，不愧是做服務業的。」

「是小說家吧？」

「一點都沒錯。雖然這麼自稱有點難為情，不過我有時候會投稿真實體驗雜誌。對了，我想要更進一步瞭解這幾樁命案。警察保密到家，雖然我是土田先生的朋友，他也不肯告訴我有關命案的情報。然後我偶然聽到，夫人，就是妳，聽說命案當晚，妳和被害者在一起。我不是刑警，沒必要追根究底地強問出妳不願意說的事，只是，希望妳能夠說出一些妳覺得有意思的部分，讓我整理成文章。名字我會用假名，只要能夠寫成讀者喜歡的文章，那就夠了。所以，我想聽聽夫人的一些意見。」

矢太郎從口袋裡取出黑皮夾，數也不數地抽出數張紙幣，遞給加代。

「從昨天開始，都喝不到半點喜歡的酒。放心，我不會給妳添麻煩的。用杯子就行了。只要兩、三杯，不過我這個人，一喝起來就沒完沒了……」

加代的臉頰浮現淡淡的笑靨。

「進來吧，我也一直很想和小說家聊聊。哪，我覺得我的身世一定會是很棒的題材的。我就像是悲劇的女主角一般……」

隨性地撩起黑髮的「小說家」，一臉嚴肅地點點頭。

「我也一直覺得妳一定是有苦衷，才會變成酒家的媽媽桑……」

「所以說啊，請上來坐吧，你想要多少題材我都有。而且我今天一個人覺得好鬱悶。都發生了那種事不是嗎？要是不喝酒的話，哪撐得下去呢？」

站起身的加代，緊繫在睡袍上的細帶部分勒出曲線，豐實的腰部散發出熟透的女人體味。

「哪，這副模樣太失禮了，我先去換個衣服。」

矢太郎忙把視線從女人扭動的腰部移開，裝出更加嚴肅的表情，從口袋中取出記事本和鉛筆。

「嗯，請慢慢來。我一點都不急的。」

夜色深沉。覆蓋著夜空的厚雲，奪去了月光。

鬆垮的黑色裙子，讓人聯想到烏鴉黑色翅膀的上衣。阿鈴穿著小木勝次提議做出來的奇妙長袍，戴著天狗面具站在最前頭。只有她手中的蠟燭光線，微弱地照亮前往天狗堂的小徑路面。

在她後面，同樣戴著天狗面具的小木勝次穿著家紋和服與褲裙，盛裝打扮地跟在後頭。以幹部身份出席的阿久、阿繁、阿梢以及阿常四名女性則緊跟在後。她們四人也戴著天狗面具。

被允許入教的三個女性——加代、縫子、久米代三人，踩著緊張的步伐，注視著隨燭光晃動的阿鈴背影，緩步前進。

「隆速泰朗、賜朗方、參朗、扇軌、封前方、還有白風香摩方……」

阿鈴低沉的聲音穿過黑暗而來。以勝次為首，四個幹部也跟著唱和。

（命案當晚，他們就像這樣聚集在天狗堂前，接著進行「入教儀式」，但是就在一、兩個小時之後，慘劇發生了。）

「那麼，」一小口一小口舔也似地啜飲著杯中酒的矢太郎，突然抬起頭來。「那天晚上沒有戴天狗面具的，只有夫人和另外兩位……」

「一個叫縫子的農民妻子，還有一個叫久米代的阿婆。我們在被允許當上幹部之前，都不能戴天狗面具。」

「這是誰決定的？」

「阿鈴，也就是天狗大人，她和勝次商量之後決定的。不過只要出一千圓，就能夠隨時加入幹部，也可以拿到一個面具……如果不願意的話，只要介紹三個人加入信徒就行了……」

「原來是這樣。那，大家聚集在天狗堂前面，然後開始做些什麼？」

加代吞了一口酒。

「開始舉行天狗法會裡最隆重嚴肅的儀式，入教儀式。哪，我可以再喝一些嗎？別擔心，你需要的文章題材，我都會好好地告訴你的……」

天狗堂前，有一塊大小正好的空地。這一帶的農家雖然屋子本身小巧，庭院卻相當寬闊。為了使麥子、大豆、紅豆等等乾燥，農家需要能夠攤開好幾張大草席的空間。

阿鈴的父親還活著的時候（正確地說，是直到阿鈴成為天狗大人的今年四月前），那裡便是阿鈴家進行這類作業的場所。

可能是庭院還充作曬穀場時遺留下來的東西，天狗堂後面堆著去掉麥子的麥桿束。勝次抱來那些麥桿，立在空地中央點火。

他們一團人便圍繞著火焰，形成圓圈。

（夜色中，熊熊燃燒的火焰映照出外形怪異的阿鈴以及戴著天狗面具的勝次等人，還有什麼比這副情景更加適合牛伏村的夜晚？他們是從過去逃脫出來的亡靈，也是活在傳說當中的幻象。）

在勝次帶頭下，這奇妙的一行人圍繞著火焰不停旋轉。配合著阿久敲打太鼓的聲音，唱誦著那段咒文。加代、縫子和久米代，不知不覺中也加入了合唱。

「然後，天狗大人和勝次就進去拜殿裡了。」

「拜殿？」

「對，聽說以前天狗堂裡頭只掛著一個面具。可是，現在那個面具是天狗大人戴著的，所以堂內正面只掛著一個寫著羽黑山大天狗的卦軸。前面有一個比較低的壇，天狗大人就坐在上面。壇旁有太鼓，勝次就坐在太鼓後面。」

「那個天狗堂聽起來還真空曠呢。」

「是啊。聽說以後要蓋一個通往裡頭的小神社。」

「然後呢？」

「天狗大人點燃蠟燭，拜了一陣子。這段期間，我們坐在拜殿前，跟著阿久婆唱的經文，大聲唸著隆速泰朗、賜朗方……」
「那個時候有刮風嗎？」
「風？沒有，一點兒風也沒有，怎麼了嗎？」
「沒什麼。那，所謂的入教儀式，就這麼結束了嗎？」
「還沒有，拜殿的門很快地就打開，勝次從裡頭說：那我們現在開始，先從千鳥的夫人來吧……」
「那是大約幾點的時候？」
「九點十分。叫到我的時候，我瞄了一下手錶，不會錯的。」
加代一進到拜殿，便忍不住雙手伏地，垂下頭來。搖晃的燭光中，阿鈴的天狗面具正面對這裡。置於壇旁的太鼓後面，勝次的面具也筆直地盯著這裡看。
勝次「咚咚」地敲了兩下太鼓。以此為信號，頭上的阿鈴揮了一下幣束。
阿鈴低聲唱起咒文。勝次的太鼓以單調的節奏應和著。這個時候，外頭阿久婆的太鼓也配合堂內的鼓聲，他們的合奏帶著一種狂熱的熾烈，不停反覆。
「天狗大人什麼都看穿了。說出妳曾經犯下的最大的過錯、想要隱瞞在心底的虧心事，好除去內心的汙穢吧！」
聽到阿鈴的話，加代猛然一驚。雖然事前已經聽說，但是事到臨頭，她還是感到羞恥無比。

「來吧，夫人，這是從汙穢轉變成潔淨的重要時刻。」

勝次從旁催促。

加代身體縮得小小地，開始說出一段「虧心事」。

「話說回來，」矢太郎的臉頰浮現淡淡笑容。「夫人告白的祕密是怎麼樣的內容呢？就算我不是天狗大人，也會很想知道呢！我想這一定會是個香豔刺激的題材……」

「哼，少來了，說什麼蠢話。如果你變成神明的話，要我說多少都願意。總之，非常地不可思議。就連我從來都不曾對誰說過的祕密，當時都變得願意主動說出來了。」

「然後呢？」

「天狗大人默默地聽著。勝次敲打的太鼓，適時地咚咚、咚咚地響。鼓聲巧妙地煽動我的心情，我不是在說，而是把自己的祕密唱出來似地侃侃而談。舒服得像要睡著了。我聽到天狗大人的御幣又在我頭上一揮，然後天狗大人宣佈：『入教儀式結束了，請在堂外稍候。』我再一次恭敬地低頭，關上拜殿的門，走到外面去了。這就是那天晚上的情況。」

「那個時候，大家都在堂外等著吧？」

「嗯，大家一心一意地唱著祈禱文。火熊熊地燃燒著，簡直就像大白天一樣明亮。天狗堂的門很快地就打開，勝次接著叫縫子進去……」

縫子戰戰兢兢地進入堂內的同時，太鼓聲和咒文又接著響起，與加代的時候一樣，儀式進行著。

「縫子的下一個是久米代婆。然後三個人的儀式就結束了。天狗大人和久米代婆一起從堂內走出來的時候，大家都還忘我地祈禱著。像阿久婆，還一邊敲鼓一邊跳……說是天狗大人降臨在她身上，不曉得是真的還假的？」

「火還在燒嗎？」

「沒有，最後久米代婆進去的時候，火已經快熄了。」

「勝次呢？」

「留在堂裡收拾。聽說平常都是這樣的。天狗大人和久米代婆一起出來，對堂裡的勝次說：勝次，把燈關了之後，記得火燭也要熄掉，然後轉頭對我們說：『喏，大家一起回去，用個茶吧！』接著領頭往自家走。」

「那是幾點左右的事？」

「大概九點五十分吧！走下小丘，來到天狗大人的家門前時，大家都回頭看了一下天狗堂。那個時候蠟燭的火已經熄了。阿久婆說：勝次很快就會過來了，到時再一起喝茶吧。那個時候正好傳來鄰鎮的警報聲……」

「從那裡可以看到蠟燭的光嗎？天狗堂的門是開著的囉？」

「這個嘛，天狗大人應該是關了門才離開的……可是，就算門關著，應該還是看得到蠟燭光的。那扇門只有下半部是木板，上半部是格子狀的，就算在遠處，只要裡頭有光的話，就可以看得到。」

「那個時候有刮風嗎？」

「你這人怎麼這麼在意風啊？不巧的是，一點兒風都沒吹。直到半夜開始刮大風之前，天空都陰沉得像死了一樣。」

「那，勝次熄掉燭火之後，到底怎麼了？」

「就是呀，你酒，不喝了嗎？」

「燭火是九點五十分熄滅的。勝次的死亡時間推定為大約十點。這麼一來，勝次就是用跑的到夫婦松去。」

「無聊，別再說了！你不是刑警，是小說家吧？比起捉到犯人，怎麼寫好文章才重要吧？喏，你願不願意聽聽我的身世？我真的是個很不幸的女人唷！你是怎麼啦？噯，怎麼閉起眼睛了呢？醉了嗎？那，稍微躺一下比較好唷。喏。」

女人頹軟下去的上半身，往矢太郎的膝蓋癱倒。矢太郎慌忙接住，結果兩人相擁似地倒在地上了。

「呵呵呵……怎麼了呀？哪，我來說給你聽嘛……把臉轉過來嘛……」

（看到這裡，讀者一定都忍不住蹙眉。作者也並非喜歡描寫這樣的情景。不過，如果能夠在這裡為矢太郎辯解一句話的話，那就是即使是身處令人屏息的女人體味中的這一瞬間，他依然滿腦子想著從天狗堂到夫婦松的距離。）

「可愛的小說家先生，竟然打起鼾來了。那好吧，『千鳥』的夫人就來為你唱首安眠曲吧。」

加代拿起男人的手，輕輕放上自己的胸部。乳房豐滿的觸感，撩撥著矢太郎的指尖。

加代沉醉在自己的歌聲裡似地，一個人靜靜地唱了起來。

守寡一生多辛勞
斷了頭髮又斷子

漏夜做活多辛勞
跳呀蹬地又跌跤

年輕男子多辛勞
抱了女人又哄睡

（這是牛伏村的村民經常在酒席上哼唱，把民謠掉換歌詞的歌。矢太郎是第一次聽到，意思也不甚明瞭。但是如果知道這首歌會在日後與案件的解決有著奇妙的關聯，他一定會更加留意的吧！）

加代開始發出細微的鼾聲，看樣子似乎是睡著了。

矢太郎悄悄地起身，疲倦的眼睛掃視房間。老舊的電影宣傳單貼在牆上。那是一個身穿豔麗長袖和服的女性，手裡拿著前端噴出水柱的白扇子的特寫海報，標題寫著「流浪的水藝師」。劇情似乎是借自泉鏡花的《瀑布的白線》。上面還寫有「新年最佳娛樂。牛伏村小學禮堂。牛伏村青年團主辦。」應該是一月舉辦巡迴電影時的傳單。

凝視著這張舊傳單的矢太郎，眼睛突然開始熠熠生輝。

他一直盯著傳單。思緒飛快地轉動，就在這一瞬間，矢太郎對整個案件產生出一種不可動搖的確信。

他小心地不吵醒睡著的加代，輕輕打開門。外頭已經是午後的陽光了。

第十四章。面具・記事本・香菸盒

這個時候的派出所裡，土田巡查和中年刑警，正熱心地推敲伍郎的不在場證明調查結果。

土田巡查和白上矢太郎上午前往伍郎家調查的結果，與警方蒐證後的結果，兩者完全一致。換句話說，他們不得不承認伍郎說的話是事實。這對調查陣營而言，可以說又碰上了暗礁。儘管這件事讓他們極度失望，伍郎犯案說依然有著難以割捨的魅力。因此他們拚命地推究，想要破解伍郎的不在場證明，好從他的行動當中找出能夠犯案的時間空隙。

勝次的推定死亡時間是九點到十點。但是如果入教儀式結束，勝次熄掉堂內蠟燭的九點五十分的時候都還活著，那麼這個時刻便能夠再限定得更小。亦即九點五十分到十點多左右，是勝次的死亡時刻。

另一方面，伍郎九點以後到十點四十五分的不在場證明完全得到確證了。因為貓的事，在十點十五分和伍郎說過話的鄰家主婦，還證明伍郎後來配合著廣播的流行歌，扯著令人不快的嗓音引吭高歌，流行歌節目結束之後，也曾聽到他和母親交談的聲音。

（伍郎為了參加「一枝獨秀」歌唱大賽，一直在練唱流行歌。這件事伍郎的母親也承認。鄰居們總是說著：「伍郎今天又開始練習了」，帶著若干苦笑，傾聽那不怎麼高明的歌聲。節目一直持續到十點四十五分，如果之後也一直聽得到伍郎的聲音，也就是伍郎一直到將近十一點都待在家裡頭。他不可能在十點左右殺害勝次的這件事，可以說是不證自明了。）

土田巡查以受不了的口氣對刑警開口：

「伍郎在九點五十分左右離開朋友家。十點出現在村公所，去找雪子。這中間的十分鐘，實在沒有往返夫婦松犯案的餘裕。不管是用跑的還是騎腳踏車，都絕對不可能啊……」

「而且勝次在入教儀式結束、熄滅堂內燭火的九點五十分，人都還活得好好的……」

「那麼離開村公所的歸途如何？至少十點五分左右，伍郎還在村公所。他在等雪子出來。這段時間他所看到的雪子的母親的行動，就如同他說的一樣。而且他十點十五分就回到家，發生了貓的事。這期間也是十分鐘，還是不可能往返夫婦松……」

「之後的行動更是清楚。他在家裡的庭院唱流行歌，直到節目結束之前，都一直發出噪音騷擾鄰居。十點四十五分之前，他人絕對是待在家裡的……」

「而勝次在那個時候，已經被殺害了……」

「這傢伙是清白的嗎？」

「很遺憾，就是這麼回事了。混帳，一定哪裡有漏洞才對。或者唱歌的不是伍郎，而是把廣播節目的歌手聲音跟伍郎弄錯了……」

「這不可能的。唱歌的人的確是伍郎。聽說他在間奏的時候也不管，繼續唱他的，聽習慣的鄰居都說絕對不會錯……」

「又回到原點了。」

「看樣子，這場犯罪大富翁還沒辦法走到終點呢。」

兩人的臉頰浮現疲倦的笑容。

此時，白上矢太郎走了進來。

（身為偵探小說讀者的你，看完這一連串的對話之後，一定會忍不住拍起膝蓋，露出得意的微笑。你一定會這麼說：伍郎的不在場證明是詭計。伍郎那個時候根本不在家。那麼，唱歌的人是誰？當然是伍郎。不過，那是錄音之後再播放出來的聲音罷了。放完一卷錄音帶要三十分鐘。這段期間，他有前往夫婦松的餘裕。這種手法真是太簡陋了。說起來，面對我們這些偵探小說迷，竟然使用這種如兒戲般的幼稚詭計，實在不像話。不，請稍安勿躁。這對我們牛伏村而言，實在是一件難以啟齒的事，同時對讀者們而言，也是件相當不湊巧的事，不過作者還是必須悲傷地向各位告白：不論在過去還是現在，這塊土地都不存在著錄音機這種文明的高級機械。）

回到正題。

有些微醺的白上矢太郎在這種狀態下突然闖了進來，也難怪土田巡查會略帶嘲諷地出聲調侃他。

「喲，怎麼啦？看樣子是玩火自焚了吧？」

矢太郎難為情地撩起長髮，露出極其曖昧的微笑，走了進來。

「嚇壞我了呢！我千鈞一髮才得以脫離險境。」

刑警也跟著露出苦笑。

「有什麼收獲嗎？」

「問題的焦點變得更清楚了。也就是說，蠟燭熄滅之時如何？」

「什麼？這是在禪學問答嗎？」

不過矢太郎沒有回答。他從口袋裡取出光牌香菸，遞給兩人。

「接下來的問答是這個。勝次懷中菸盒如何？」

土田巡查啞然地凝視矢太郎的臉。

「那個被壓扁的光牌香菸盒，有什麼意義嗎？裡頭的確還剩下五根香菸。」

「意義可大了。勝次從什麼時候開始變成光牌的愛好者的？我來這裡的途中，問過附近的菸酒店了。聽說勝次一加入天狗法會，就把香菸換成光牌了。而且在牛伏村，光牌香菸很少人會買，所以老闆也記得很清楚。老闆說，案發當晚勝次買了一盒光牌，說著：『我要去天狗法會了。』就往山頭的方向去了。」

「這……又有什麼……」

「屍體的懷裡有光牌的香菸盒，這的確是勝次的東西，而且被壓扁了。那麼，我們繼續下一個問題。第三個問題是，地上之天狗面具如何？」

「嗯……」

刑警露出嚴肅的表情。（不過，他當然完全是一頭霧水。）

矢太郎的瞳孔熠熠生輝，因醉意而微紅的臉頰浮現少年般的笑容。

「接下來第四題。山森久次郎的屍體旁邊放著記事本和鉛筆。記事本上寫著『特命為總理大臣』。我特別請教各位，瘋子天皇之心境如何？」
「曰：『難以言喻。』」
聽到土田巡查的話，矢太郎搖頭。
「否。領悟而覺玄妙。山森天皇平常和勝次要好嗎？」
「不，久次郎不太喜歡勝次。我忘了是什麼時候，有一次我和勝次在說話的時候，久次郎走過來，突然朝他大喝：東條！這個無禮之徒！」
「有意思，真有意思。那麼，第五題。野分之風吹過後如何？」
「又是風嗎？風和這個事件到底？」
「這是解開事件的關鍵之一，風並沒有站在犯人那一邊。那麼，最後是一道難題。看不見的手一撫如何？」
土田巡查和刑警只是呆然地聽著這奇妙的話，此時矢太郎突然想起來似地，開口問了：「土田前輩，今天早上我拜託你的那件事怎麼了？」
「那件事，哪件事？」
「就是為了重現池內市助被殺的那天晚上的情景，召集大家的事啊……」
「哦，那件事啊。署長說他今天不能過來，我打電話問他，可是署長似乎不太願意。他說我們已經做過類似的事了，結果沒什麼好期待的。」
「也就是說，發現看不見的手的機會渺茫是嗎？」
「白上先生，就算這麼做……」

刑警插嘴說道。（因為矢太郎剛才的那一番禪學問答，讓他覺得有點不舒服。）

「也沒有用吧！我們已經做過相同的事了。我也在現場，可是也得不到任何收獲。」

「可是，有時候會出現不同的看法。」

「看法？你是說警方全都被犯人的演技給騙了嗎？開什麼玩笑，我們還沒糊塗到那種地步好嗎？」

「可是，事實上你們什麼也沒能發現。而且市助就是在那個場面被毒殺的。」

「這、嗯，可以這麼說沒錯。可是就算這樣，要署長相信你能夠一口氣看穿犯人的詭計也太勉強了吧！」

「刑警先生，市助被殺害的那天晚上的戲，是一幕殺人劇，實際上分為三場。也就是一幕三場的殺人事件。只要注意到這一點的話……」

「白上，你這話是什麼意思？」

土田巡查突然興至盎然地抬起頭。

矢太郎面色紅潤的臉頰微微浮現笑容。

「戲劇領域裡，有一種精通戲劇、鑑賞力與眼光獨到的觀眾。如果不能夠看透那一幕其實是由三場所構成的，就不能說理解了犯人用心良苦的演出。第一場，是從市助炫耀茶杯，到他喝了阿常和雪子準備的茶，突然感到劇痛為止。第二場，從市助為了緩和痛苦而要求天狗的神水，到雪子汲水過來為止。第三場，阿鈴裝腔作勢地揮舞御幣所祈禱的水毫無效果，不僅如此，市助還更加痛苦，終於暴斃而死。並且，眾人發現市助用天狗的護符抹鼻涕，阿鈴和信徒們為了驅除天狗作祟，繞著屍體唱起奇怪的咒文。到了這裡，布幕才慢慢地被放下來。

「可是，就算看出這一點……」

刑警不耐煩地環起雙臂。

「我們還是不瞭解，眾目睽睽之下在市助的杯子裡下毒的犯人是誰啊！」

矢太郎突然站起來。

「我還有一些想調查的事。我去一下坂上部落。土田前輩，晚上的時候，可不可以到我家來一趟？那麼，刑警先生，我先失陪了。距離和伍郎約好找出犯人的期限，還有一天。」

最後的話，聽起來彷彿在激勵他自己。

第十五章。阿鈴躍入虛空

眩目的秋陽當空，白上矢太郎爬上通往坂上部落的道路。

一離開派出所，道路便突然變成上坡，就這樣曲折地延伸到山頭。

坂上部落便是挾著這條道路，兩側散佈著數十戶人家。有許多碎石礫的路面，乾燥得泛白。

部落的入口處，一個揹著嬰兒的女孩子，正吃著抹了味噌的飯糰，往這邊走來，矢太郎停下腳步。

「妳知道久米代婆的家在哪裡嗎？」

少女點點頭，背上嬰兒的頭跟著晃了一下，看樣子似乎睡得很熟。

「淚汪汪阿婆家在……」

「淚汪汪？」

「嗯，那個阿婆一整年都紅著眼睛在哭，所以我們都叫她淚汪汪阿婆。就在那裡，那棵杉樹底下。」

「那棟稻草屋頂的房子是吧？」

「嗯。」

「謝謝妳。」

矢太郎又跨步走去。他一面走著，一面想起淚汪汪阿婆這個稱呼，忍不住獨自笑了起來。

的確，那是個淚汪汪的阿婆。可能是從砂眼惡化成淚囊炎的，因為頻頻用手巾擦拭流出來的眼淚，眼眶整個都變紅潰爛了。

看到這個老婆婆併攏穿著滿是補丁的工作褲的膝蓋，白髮蓬亂的頭幾乎要碰到榻榻米地低垂下來，矢太郎忽然為自己剛才輕率的嘲笑感到羞恥。（「我想請教一下有關勝次先生過世當晚的事」，當矢太郎這麼說，在簷廊上坐下時，久米代似乎已經判斷他是警察的高層人物了。）

「推薦妳參加入教儀式，成為信徒的人是誰？」

「是勝次。他說阿婆我的眼睛不好，只要誠心信仰的話，馬上就能治好了，所以……」

「那天晚上，妳有沒有什麼覺得不對勁的地方？」

「我什麼都不曉得。我只想趕快治好我的眼睛，天狗大人叫我進去祠堂之後，我也只是一心一意地拜……」

「阿婆是最後一個完成儀式的。儀式結束後怎麼樣了？」

「儀式結束後，天狗大人說這樣眼睛就會治好了，要虔誠信仰啊！然後和我一起走出祠堂外。大家就這樣一起回去天狗大人家裡了。」

「勝次先生呢？」

「儀式進行的時候，他一直在敲太鼓，我和天狗大人出去之後，他留在裡面熄滅燭火。然後就再也沒回來了。」

「勝次先生沒有回來，所以妳們去找他了對吧？」

「是啊。茶都泡好了，勝次還一直不過來，天狗大人就說：阿婆，我們一起去天狗堂看看，我就立刻跟天狗大人一起去天狗堂那裡找了。」

「那個時候，幹部的人和天狗大人還戴著面具嗎？」

「沒有。天狗大人走出天狗堂的時候就拿下面具了，身為幹部的阿繁跟阿久婆，儀式一結束就立刻拿掉面具，回去天狗大人家了。」

（這些部分，和矢太郎從土田巡查那裡聽來的內容一致。不過，矢太郎無論如何還是想親自確認一下。）

「去天狗堂的時候，門關著嗎？」

「關著，就跟天狗大人和我離開的時候一樣。天狗大人開門進去裡面，點了火柴。我扶著地板，仔細看了看裡面，可是，勝次不在裡頭。天狗大人也點了兩、三次火柴，一臉不可思議地四處察看，可是連隻老鼠都沒有。天狗大人說，蠟燭的確是熄了……」

「不是風吹熄的吧？」

「那天晚上半點風都沒有。不過凌晨的時候倒是刮得很兇……」

「然後呢？」

「我們再一次關好門，回來了。回到家之後，天狗大人一邊換回平常的衣物，一邊埋怨勝次怎麼在這麼重要的晚上自己一個人默默跑回家去……」

「隔天早上，勝次先生在夫婦松那裡被殺了。妳和其他人談過那天晚上的事嗎？」

「我跟一起去的縫子聊過，可是完全想不出來到底會是誰做出那麼恐怖的事。縫子說，原因一定是選舉。不管是選舉還是村落合併，我都無所謂，可是讓這村裡發生這麼多殺人事件，實在是對不起祖先。」

「阿婆，妳今年幾歲了？」

「都過六十了。連孫子都說我是個老不死的米蟲。」

明知道阿婆不斷流下來的淚水是因為眼疾，不知為何，矢太郎還是感到一種難以言喻的悲傷。孤伶伶地坐在變成茶褐色的榻榻米上的老太婆身上，彷佛就這樣滲出牛伏村的貧瘠與悲苦一般。

窗外傳來微弱的蟲鳴。日落之後，空氣就突然變冷了起來。家裡有老人的家庭，在雨天擺出暖爐矮桌也不稀奇。

土田巡查和信子夫人一起靜靜地用著晚餐。

「太莫名其妙了。」

土田巡查低聲說道。信子夫人默默地抬頭。

「赴任到這種山村，突然就遇上殺人案。而且還完全沒有犯人的線索。署長在電話裡說了難聽的話。他說：『土田如果能在這時候立下一點什麼功勞，以後要辦什麼也比較有個材料，要好好努力啊！』」

「……」

[illegible]我是一般巡查，又接近退休年齡，所以叫我要好好加油。」

「[illegible]到署長，今天好像還沒見到署裡的任何人。」

「聽說鎮上發生了強盜傷害事件。被害者是鎮長的親戚，署裡正在全力偵辦那個案子。」

信子夫人靜靜地垂下頭。斷續傳來的蟲鳴，聽起來更加寂寥了。

就在這個時候，白上矢太郎走了進來。

「土田前輩，用過晚飯了嗎？」

「啊。你來得好早。我剛吃完而已，正想動身過去府上拜訪的……」

「後來情況怎麼樣？」

「毫無收穫。今天一整天也白跑了。我和剛回去本署的刑警談過，覺得這個案子不可能是單獨犯案，一定有共犯。他們一定是彼此作偽證。所以我們決定要從新的角度重新檢討整個案子。你那邊怎麼樣？」

「哦，後來我去拜訪了那個叫久米代的阿婆。」

「有什麼發現嗎？」

「只知道了一些和土田前輩告訴我的事相同的內容。不過，那個阿婆罹患砂眼引發的淚囊炎這件事，讓我覺得非常富有暗示意味。」

「那個阿婆眼睛不好，跟這次的命案到底有什麼關係？」

「沒有直接的關係。不過……」

矢太郎說到一半，卻突然轉了個話題。

「回程的時候，我也順便繞到那個叫縫子的女人家裡。對於想要入教、當晚出席的三個人，我都問過了，結果全都是一樣的。可是，『千鳥』的夫人和縫子在入教儀式裡，要說出自己的一個祕密的時候都有些猶豫不決。可能是覺得難為情吧！不過，我想兩個人都是被勝次催促才告白的。也就是說，這件事並不是阿鈴希望這樣才做的，而是出於勝次的意思。」

「換句話說，是勝次想要知道別人的祕密和弱點，好利用在自己的選舉上？」

「差不多就是這樣吧。話說回來，」

矢太郎向土田巡查投以試探的視線。

「只有久米代婆沒有告白祕密。勝次和阿鈴都沒有要求她說，這不是很有意思嗎？關於這一點，我也確定了好幾次，那個阿婆斬釘截鐵地說，她沒有做那樣的事。這不也是個非常具暗示性的事實嗎？」

「我還是搞不太懂，那麼白上，你的意思是你對這次的案子，已經有了某種推論了？」

「推論，沒錯。土田前輩，至少我已經看破了犯人的詭計。」

「咦！那犯人到底是？」

「可是，我沒有任何證據。而且讓我苦惱的是，這個案件裡頭完全找不到任何動機。其說是沒有，倒不如說，這是太過於不合理的犯罪了。不弄清楚這一點的話，我的推理。所以，我突然心血來潮，想要現在立刻到阿鈴家去看看。最後還是依賴天狗大人的智慧解決吧！這是我奇特的信仰心。可以請前輩陪我一起去嗎？」

「好啊！事到如今，也只能仰賴神通力了。那個女人一定會在膜拜天狗時候突然大叫：『我看見了！我看見犯人的長相了！』」

土田巡查的記憶中，歷歷在目地浮現出茂十家的綿羊失蹤那一天的情景。

外頭沒有風。不過寒冷徹骨的秋天空氣，還是冷冷地刺進皮膚裡。

在一片幽暗當中，土田巡查和矢太郎默默地走在蜿蜒曲折的道路上。一通過阪上部落，便來到牛伏村引以為傲的松樹林蔭道。圍繞四周的群山稜線，猶如黑色的剪影一般，浮現在微光當中。今晚星光燦爛，不過枝椏延伸到路上的松樹林蔭道，被深沉的黑暗所包圍。

來到夫婦松的地方，白上矢太郎停住了腳步。

「土田前輩，勝次的屍體就在這附近是吧？然後距離數公尺之外的地點，躺著山森青年的屍體。那天晚上，結束入教儀式的女人們，包括幹部在內的七名女性，也是通過這條路，從阿鈴家回去的。」

「沒錯。要到村子裡，只有這一條路而已。」

「山森青年姑且不論，勝次在十點左右，就已經變成屍體倒在這條路上了。而七名女性在十二點左右通過這條路回去，卻沒有半個人發現屍體。」

「關於這一點，警方也感到懷疑。可是這也難怪。就連有月亮的晚上，這條路都烏漆漆黑的，而且那天晚上又是烏雲密佈。」

「沒有人帶手電筒嗎？」

「是啊。」

「勝次是用什麼姿勢倒在地上的？」

「上半身伸出路面，臉朝上倒著。他的頭附近掉落著天狗面具。」

「像在瞪視離去的犯人的臉似的嗎？」

「什麼？」

土田巡查想要發問，矢太郎卻就這樣走了出去。兩道紅色的香菸火光，在黑暗中移動著。

走了大約五分鐘左右，他們看見一道光線明亮地朝路上斜斜地滑了過來。光線往孤伶伶地建在道路左側的阿鈴家接近。兩排松樹也在那裡中斷。右側是地勢有些高的小丘，藉著微弱的星光，可以看到上頭（就在阿鈴家正對面）天狗堂的建築物。

突然，前方傳來「碰」的鈍重聲響，好像有什麼東西從右手邊的小丘往草叢裡跳下。接著傳來一道「呼」的吐氣聲。

默默地走過來的土田巡查和矢太郎，瞬間停在原地，凝目望向前方的黑暗。

草堆裡傳來窸窸窣窣的聲音。黑影站了起來，然後移動了。從阿鈴家的門口，一道光線朝路上橫越而過的一瞬間，土田巡查發出壓抑的低叫聲。

「阿鈴！」

一張臉浮現在白色的光芒當中，立刻又消失到黑暗裡去。
土田巡查想要往前走，矢太郎卻抓住他的肩膀制止。
「安靜！」
矢太郎低喃，他抓住土田巡查的肩膀，不發出腳步聲地前進。眼前數步之外的地方，有一叢茂密的灌木，來到這裡之後，矢太郎停步，再次湊近土田巡查的耳邊。
「不要發出聲音。」
但是，不需要操這個心。
阿鈴完全不知道有旁觀者，好像爬行似地緩緩地走上雜草茂密的狹窄陡坡（這是為了前往天狗堂，而在小丘的斜坡踩出來的小徑）。
阿鈴站在小丘上。她好像不是要去天狗堂。她站在小丘的邊緣，目不轉睛地俯視應該是方才跳下去的草叢堆。（這些動作在微弱的星光下，看起來就像剪影一般。不帶表情的動作之詭異，緊緊地揪住土田巡查的心，讓他屏息注視著。）
阿鈴的身體動了。她低下身，像要蹲下去似地，踏進雜草密佈的斜坡。有一半的身體沒入草堆裡。阿鈴滑行般地來到半途，突然全身一彈，雙腳在斜坡一蹬。瞬間，她的身體浮到半空中，接著摔向路上的草叢。
（恐怕，剛才她也在做著相同的事。）
好一陣子，阿鈴都沒有站起來的跡象。劇烈的喘息聲傳來。
「那個女的在幹嘛啊？」

土田巡查呢喃。

「看起來也不像在練天狗飛斬的武功，簡直就是瘋狂的行為。」

矢太郎一臉好笑地低聲回應。可是土田巡查在矢太郎的聲音裡感覺到一股暗藏的興奮。

「啊，你看！阿鈴又爬上去了。」

黑影再次從草叢裡站了起來。光的條紋一閃而過，緩緩地昇上小丘的急坡。

「搞不好……那個女的懷孕了……」土田巡查悄聲說道。

「咦！」矢太郎忍不住緊緊抓住土田巡查的手臂。

「你說什麼！那個女的懷孕了？為什麼你會知道？」

矢太郎迫切的口吻，為了硬是壓抑忍不住要叫出來的聲音，氣喘不已。

「只是有這種感覺而已。我突然想到一篇奇妙的小說。喏，川端康成的《掌中小說》。那裡面有一篇叫〈打孩子〉的作品。描述懷孕的女人配合著男人的吆喝聲，從窗台一次又一次摔到地上，想要墮胎的場面。女人跟男人說：家鄉的母親寫信來，教她從高處往下跳。」

（這個時候，阿鈴已經站到小丘上了。）

「就是這個！土田前輩，我怎麼會沒注意到那個女的懷孕了呢！動機，我所追求的動機，應該就只那個了。」

「那麼白上，犯人究竟是誰？」

「我必須確定才行。我想知道阿鈴到底是不是懷孕了。只要知道這一點，」

「你可能不知道，這個村子裡也有教人如何墮掉私生子的歌。大家常在酒席唱，連小孩子都知道……」

這一瞬間，千鳥的加代夫人唱的歌詞，突然清清楚楚地重現在矢太郎的記憶當中。

守寡一生多辛勞
斷了頭髮又斷子

漏夜做活多辛勞
跳呀蹬地又跌跤

「土田前輩，無論如何我都想確定阿鈴是不是懷孕了。」

「知道她懷孕了又怎麼樣？」

「犯人就是阿鈴。」

「咦！這是怎麼……」

一瞬間，伴隨著踏上草地的腳步聲，滑也似地跑下小丘斜坡的阿鈴，身體往空中一跳，黑影又跌坐在路面。

「阿鈴！」

土田巡查忍不住大叫。矢太郎赫然回神，想要抱住他的肩膀，卻為時已晚。土田巡查幾乎是反射性地從灌木叢往路上跑了出去。

阿鈴的身體倏地從草叢堆裡站了起來。她往自家走了兩、三步，然後停住。像要確定呼喚自己的聲音是從哪裡傳來的，她環視四周的黑暗。

土田巡查的身影在光線當中浮現出來。

「阿鈴，妳到底在做什麼呀？」

（他自以為已經盡可能用平靜的口吻說話了，但是他的聲音異樣地顫抖著。我們深愛芥川文學、難以忘懷川端康成抒情風格的土田巡查，就算在這種狀態下氣喘吁吁、心臟跳動得激烈了一些，也沒辦法責怪他。）

阿鈴默默地退了一步。兩人維持著這樣的姿勢對峙著。實際上，雖然很不可思議，但是在一片黑暗中，土田巡查卻能夠清楚看見阿鈴任何一點的細微表情。

「阿鈴，妳怎麼了？」

土田巡查悄悄地想要靠近的時候，阿鈴突然發出一種奇妙的叫聲，就這樣頭也不回地往山頭的方向跑去。

那是有如動物一般的叫聲。土田巡查被嚇得頓時屏住了氣息。阿鈴一面跑，再一次「哇——」地發出大叫，簡直就像惡作劇的小孩被大人追著跑一樣，有種奇妙的滑稽感。

短暫的猶豫之後，土田巡查追了上去。他留意到自己拿著手電筒，於是把它照向阿鈴逃走的方向。

光圈中，阿鈴大大地揮舞著雙手，就像在舞蹈一般。她一面跑，一面「哇——」地大叫。這不是四十幾歲的女人，而是一頭動物。

阿鈴的身體突然離開道路，往左邊跑去。左手邊是田地。裡頭種著藥用人蔘，阿鈴就這樣一溜煙地穿過小屋。

「阿鈴！危險！」

土田巡查胡亂地揮舞手電筒大叫。田地的盡頭處是高聳的懸崖，供應牛伏村一帶用水的河流，在絕壁底下流過。

阿鈴（不，連土田巡查自己也）忘了奔跑的意義了。大叫著追上去，大叫著被追趕。所以當阿鈴的身影穿過田地，從高高的斷崖上，如同一隻蝙蝠般地往正下方的牛伏川飛躍而下時，土田巡查失了魂似地當場頹坐下去。

矢太郎的手輕輕地放到他的肩上。

「發瘋，然後投河。雖然可能沒救了，不過還是得趕快叫人才行。」

「什麼？」

「阿鈴恐怕真的懷孕了。本來就身體就有異狀的她，一看到土田前輩，醒悟到自己的罪行曝光了。瞬間的恐懼引起她突發性的瘋狂，應該是這樣的。不過，能夠巧妙地扮演天狗大人角色的她，或許本來就有些精神分裂的傾向。就算是這樣，這結果還是太遺憾了。」

「阿鈴是犯人？」

「一點都沒錯。理論上，除了她以外，不可能有別的犯人了。可是，還有一些應該進一步確認的事。土田前輩，這實在很遺憾呢……」

這句話終於把土田巡查拉回現實世界裡來。難以承受的自責，以及無法言喻的憤怒交錯當中，「明天就辭掉巡查的工作」這個念頭，就在這一瞬間不自覺地浮上他的心頭。

終章。眞相（潤飾過多的故事）

1

讀者啊！

漫長的故事，終於來到最後一章了。

作者即將在這裡傳達事件的真相，同時，也想和土田巡查、白上矢太郎等眾多的登場人物一起，舉辦一場小小的辭別宴會。（場所要設在派出所的一室，或是酒店千鳥，就由讀者的意願來決定。因為作者相信讀者也一定會參加這一晚的小宴會，舉杯道別。）

故事剩下的，只有傳達真相，解決謎團的部分而已。儘管如此，還是希望讀者們暫時容忍作者的饒舌，讀完接下來的一段文章。

我（作者）的朋友當中，有一位劇作家。

他取材的範圍經常是固定的。亦即，以幕末動盪不安的世相為背景，讓所有的故事進行。

怪劍士、怪浪人、怪商人、怪僧侶等，形形色色的怪人交織而成的事件，借用廣告的宣傳，那便是「波濤洶湧、曲折離奇、真正驚天動地的一大浪漫巨作」。（雖然上頭總是這麼寫，不巧的是，討厭時代劇的我，到現在都沒有實際拜見的機會）。

總之，朋友平日總是誇口登場人物的多樣性是絕對無人能及的。

一天，我偶然有機會與他閒談，於是我針對他的劇本寫作方法中，那些平日就感到疑問之處，提出了以下的問題。

「你的作品當中確實有多不勝數的人物登場，並且接二連三地萌生出奇妙的謎團，這一點早有定評……」

「你說的沒錯。電影裡頭，私小說註1一類的手法是一文不值的。日本的私小說作家喜好描寫的那種單一人物的苦惱和悲哀，不管再怎麼樣深刻描寫，在電影裡頭都是毫無意義的。主角被一個沒有價值的女人甩了，醉倒在關東煮的小店，大叫著：『啊啊，我的青春破滅了！』這種場面，不管你怎麼辯說這是深刻的心理描寫，頂多也就是這個限度而已。我絕對不會用的。電影這種東西，不是適合追求個人的藝術，它完全就是描寫群像的媒體，應該多方面地、機能性地來表現。層出不窮的事件，接二連三登場的人物，謎團產生出新的謎團，怪奇醞釀出更進一步的怪奇。」

「可是，」我戰戰兢兢地打斷這位充滿自信的劇作家的滔滔雄辯。「讓那麼多的人登場，安排那麼多奇怪的事件，結局該怎麼收尾？要在一個小時半或兩個小時的電影當中讓它有個解決。」

「那太簡單了。有地震這一手。」

「咦？地震？」

「沒錯。安政大地震。安政年間發生的三次大地震，死者超過一萬名。讓所有的人物登場，事件呈現複雜怪奇的景況，作者怎麼樣都無法負荷時，就是這一招登場的時候了。」

崩塌的屋子，熊熊燃燒的江戶城鎮。就這樣，所有的人物都消失在廢墟當中，剩下來的只有空虛清澈得甚至令人悲傷的天空，無限地伸展在頭頂。就這樣，電影進入THE END……」

「可是這樣的話，故事的解決，」

「解決？那種東西有必要嗎？人死了事件就結束了，只有餘音嫋嫋，迴盪在觀眾的心裡。踏上歸途的人們，會自己在心中描繪故事的結局，徜徉在無止盡的故事情境當中。說起來啊，藝術這種東西……」

我陷入啞然，有些混亂的腦海裡，浮現出江戶城鎮崩壞的情景。

讀者們對於作者之所以介紹如此奇妙的藝術論的真意，一定感到有些困惑。老實說，寫完前章之後，作者感覺到一股想要就此擱筆的強烈誘惑。誠如那位劇作家所說，人一死，事件也結束了。若是如此，解決的部分只要交給每一位讀者各自想像就行了。

至於白上矢太郎的推理，既然主要人物阿鈴都已經自殺，那麼細微的部分也無從對質起。完全就是推論與想像的世界。

註[1]日本文學小說的一種體裁，以作者「我」為主角，敘述自己的生活體驗，並描寫心境變化的作品。以田山花袋的《蒲團》為最初，大正時代為全盛期。

但是，我想在這裡談談偵探小說的宿命。

一言以蔽之，偵探小說是一種除法的文學。而且，名偵探以推理明快地剖析眾多的謎團時，絕對不能有任何的剩餘。

事件÷推理＝解決

以這個公式算出的解決部分當中，絕不能有任何餘數——亦即未解決的部分或疑問。那位劇作家的劇本寫作法，很明顯地是利用了乘法或加法，但是相反的，減法也是有可能的吧。當然，即使是一般文學，裡頭也存在著某種形式的解決。但是，那完全是根據作者個人的見解或主觀，沒有必要讓萬人信服。換句話說，餘數並不會否定那本作品的價值。

讀者啊！

我現在正在談論偵探小說所背負的一種宿命。或者說它是一種桎梏也無妨。偵探小說由於它的宿命，縱使詛咒著束縛自我的鐵鎖之嚴苛，卻也在不知不覺中習慣了「受限制的世界裡頭的自由」。

當初在執筆這篇故事的時候，我的構想裡完全沒有白上矢太郎這個人的存在。他正是作者本身也無法預測的不速之客。我打從一開始就只想集中刻畫土田巡查這個人。我想以牛伏村這個山村為背景，把這位四十六歲的老巡查點綴在生活於混濁空氣裡的居民們交織出來的故事當中。

土田巡查本身或許無法解明這個故事的謎團。或許就這樣不得其解，從這個案件抽身而出。如果這樣的話，也只能順其自然。有一篇沒有完美結尾的偵探小說，應該也不壞吧。

儘管作者的意圖如此，然而白上矢太郎在事件的途中登場，結果也意味了作者的敗北。這是偵探作家的悲哀，同時也說明了偵探小說本身的「業」之深重吧！這是作者夢寐以求的未解決的偵探小說破滅的一瞬間。

但是在這裡，作者意圖進行一場復仇。至少要將這位名偵探逼入窮途末路，對於他背叛了作者的預測登場一事，極盡嘲諷之能事。

他斷言犯人就是阿鈴。那麼，作者就把阿鈴抹殺。被害者和犯人全都消失之後，他要如何敘說他的解決？毫無把握的稚拙推測，模稜兩可、無法確認的推論。這個時候，作者只要和讀者一起毫不留情地追究他的推理當中的錯誤與不確實的部分就行了。然後，當他發出悲鳴的瞬間，作者不就能夠以他自由的心志，敘述事件的過程，讓白上矢太郎大吃一驚了嗎？

讀者啊！

那麼，解決篇就此揭幕了。

白上矢太郎的推理會獲勝嗎？

或者作者與所有的讀者團結一致的刁難會奏效？

對決的場地在牛伏村派出所。

時間是阿鈴自殺後的翌日早晨。

2

「這次事件的特徵，是犯案的動機完全避過了人們的目光。重點就在這裡。雖然犯人本身並沒有意識到這件事，但是接收的一方，卻完全進入了這個盲點。這也使得揪出犯人的工作變得極度困難。」

白上矢太郎在這裡一頓，環視在場眾人的臉。

每張臉都充滿了濃厚的疲勞神色。同時也都浮現出焦躁與疑惑的表情。

昨晚，阿鈴的屍體藉由消防團之手被撈上牛伏川的河岸。阿鈴的頭部遭到重擊，當場死亡。約三丈[註2]高的斷崖底下，蕩漾著深綠色的水。突出於斷崖途中的巨石沾滿了血跡。阿鈴的身體撞到這裡，一個翻轉，落下了深淵。俗稱「鬼的洗衣場」的這個深淵，只限於此處，其他地方愈往下流，水流就愈淺且愈清澈。

（昨晚指揮打撈屍體工作的當然是土田巡查，不過大多數時候，他只是茫茫然地望著在夜空中點點移動的提燈火光，以及手電筒的閃光映照出來的牛伏川水面。他怎麼樣就是沒辦法接受阿鈴就是犯人這個事實。他只是覺得處理屍體的手續以及報告是難以逃躲的煩擾，對於自己身邊的一切感覺到一股難以言喻的憤怒。所以，就連消防團的人唱也似地叫著「天狗大人掉進鬼的洗衣場了」的時候，他也對這樣拙的幽默笑不出來。）

一早，署長及底下的警官們從本署趕了過來。法醫當場向眾人宣佈，阿鈴已有三個月的身孕。在一旁聽著的矢太郎說：「結果確定阿鈴真的是犯人了。」可是每個人都只對他投以冷淡的視線。署長打圓場似地說：「總之，詳細情形等會兒再聽你說吧！」隨即俐落地著手處理屍體。

就這樣，一行人回到派出所時，已經將近早上九點，看見信子夫人準備了熱騰騰的味噌湯和雞蛋料理等簡單的早餐，突然感到肚子餓了。矢太郎也順其自然地一起用了早餐。用餐結束的同時，署長有些諷刺地問：「你到底是根據什麼神祕的推理，才會說阿鈴就是犯人？」矢太郎露出微笑，悠哉地點燃香菸。然後，他說了如同開頭記述的話。

「那麼，這個案件的犯罪動機是什麼？最重要的犯人既然已經自殺，那麼我的意見單純地只是推理，完全不出這個範圍。不，不只是動機而已。我接下來要敘述的一切內容，事到如今，幾乎都已經無法證明了。

各位知道這樣的遊戲嗎？這裡有一張紙。在這張紙上畫上數個黑點。每個黑點都有號碼。若只是這樣的黑點的話，看不出什麼所以然來。不過只要依照號碼的順序，把黑點用

註[2]日制長度量詞，一丈約三・〇三公尺。

線連結起來，便會出現各種物體的形貌。這是常在兒童雜誌上看到的遊戲。我接下來要說的，也就相當於這樣的一個個黑點。一個事實只是這樣的話，並沒有意義。但是以正確的順序連接整理的話，絕對就能夠畫出阿鈴這個犯人的肖像。

但是，在這裡成為癥結的，便是連結黑點的技術。這次的遊戲裡，我所發現的數個黑點上並沒有代表連結順序的號碼。若是連結錯誤，畫出來的肖像便會歪曲，無法識別那究竟是什麼人。我一次次停下連結黑點的手，思考正確的順序。當然，為了讓犯人的肖像浮現出來，我需要繪圖的想像力。犯人是阿鈴。但是，這終究只是我在推理的世界裡描繪出來的結果。所以我認為我接下來要說的話，謙遜一點地說，應該稱為『潤飾過多的故事』。」

「白上，你說的點和線是蠻有意思的，可是這種時候……」

署長不耐煩地插嘴。

（直到昨天晚上十點左右，他都為了女兒的婚事和老婆吵架。就在那個節骨眼上，傳來了阿鈴自殺的消息。幾乎一整晚沒睡的疲勞與不愉快，讓他不由得對矢太郎冗長的談話感到煩躁起來。）

「我想聽直截了當的結論。你指出阿鈴是犯人的理由，究竟是什麼？」

「是風啊，署長。」

「風？你說的風，是咻咻地吹的那個風嗎？」

「是的。咻咻吹的那個風，就是一開始的黑點。我在勝次和山森青年被殺的那天黃昏，來到這個派出所，詢問大家的意見。請各位回想一下，勝次和山森青年屍體周遭的情況。首先，勝次的屍體頭部附近，擺著一個天狗面具。這個面具鼻子朝天，就放在他的屍體旁邊。各位可知道這件事有多麼重要的意義？」

「那個面具不管原本是勝次戴在臉上還是拿在手上，都應該是在格鬥的時候掉落的。沒有什麼重要的意義吧？而且那個面具確實是勝次的東西……」

土田巡查說到一半，被矢太郎打斷。

「沒錯。每個人都這麼想，犯人本身似乎也這麼想了。然而這裡產生了一個極大的差錯。請各位想想當天晚上侵襲牛伏村的狂風。根據高原氣象觀測所的報告，當晚風速十五公尺，從三點一直吹到凌晨四點十分左右。方向是北北東，也就是從勝次屍體所在的夫婦松位置，吹過村子中央部分。

這一點意味著什麼？勝次推定死亡的時間是九點到十點。換句話說，勝次死亡之後的數個小時，他的屍體上一直刮著強烈的狂風。儘管如此，那個輕巧的紙糊面具，卻鼻子朝天，靜靜地宛如擺飾物一般，放在他的身旁動也不動……各位明白了嗎？風速十五公尺，連樹枝都會劇烈搖晃。紙糊的面具更不用說，一定會被刮得遠遠的。這個矛盾該怎麼解釋才好？答案很簡單。他不是在夫婦松那裡被殺的。屍體是在風停止的四點十分以後才被搬到那裡去的。」矢太郎在這裡告一段落，喝了一大口涼掉的茶。

沒有一個人說話。這太過單純明快的推理，讓大家似乎都有些傻住了。

「我再說一個黑點吧！勝次屍體懷裡的光牌香菸盒子。香菸還剩下五根，但是盒子已經被壓扁了。我們實際上把香菸收在懷裡，然後打鬥看看好了。要打到菸盒被壓扁，是需要非常激烈的纏鬥的。但是屍體卻沒有任何格鬥的跡象。也就是說，菸盒不可能是在犯案的時候壓扁的。那麼原因是什麼？答案也很簡單。勝次的屍體是被誰揹過來的。

以上兩點，證明了勝次是在夫婦松之外的地方被殺害的。另一方面，山森青年的屍體旁，擺著記事本和一根鉛筆。同樣根據前述的理由，他是在風停的四點十分以後遭到殺害的。記事本當中寫的『特命為總理大臣』的字句意義，又成了推理的另一個關鍵，不過關於這一點，容我稍後再述。」

「假定你說的都正確好了，但是我不認為這就構成阿鈴是犯人的證據。」

土田巡查說完，署長接下去：

「我也這麼想。而且，白上，阿鈴不是最不可能是犯人的人嗎？她和勝次一起舉行入教儀式，而且儀式結束的同時，她離開天狗堂，和其他信徒一起回到自家。這段期間她沒有犯案的機會。阿鈴和其他的信徒，不正是最後看見生前的勝次的證人嗎？九點五十分左右，留在天狗堂的勝次熄掉燭火的瞬間，阿鈴人在自家門口，這一點已經向其他人確認過了。之後直到將近十二點，阿鈴都和信徒一起喝茶，她有完整的不在場證明。」

「各位都中了天狗的魔術。」

「天狗的魔術？」

「沒錯。或者說是氣氛的魔術也可以。這個說法應該比較恰當。說穿了其實很簡單，不過阿鈴的想法確實非常聰明。阿鈴一定是看穿了在場的那些狂熱信徒們，會毫無招架之力地成為這場魔術的俘虜。關於第一宗殺人案件裡池內市助被殺害的方法，我等一下會詳細說明，這個案子也是出自她傑出的魔術詭計。她的犯罪，總是在眾人面前實行的理由也在這裡。再也沒有人比阿鈴更能夠巧妙地利用觀眾的心理了。倒不如說，幫助阿鈴殺人的是觀眾本身，她的殺人必須在集團心理支持下，才能夠順利地實行。能夠想出巧妙地結合機械性詭計與心理性詭計，也就是以複合詭計來進行的殺人計畫，從這一點來說，阿鈴確實是一位能匹配當代天狗大人這個稱號的女性。那麼，她是怎樣在眾目睽睽之下完成殺人的？

首先，請各位想像一下我從酒家『千鳥』的夫人那裡聽來的，事件當晚的狀況。舞台是天狗堂的內部，以及天狗堂外頭的空地。時間是漆黑的夜幕完全覆蓋住整個牛伏村的時候……」

3

矢太郎敘述的當晚情景，全是警官們都已經知道的事。但是，他絕妙的口才精彩得讓人禁不住屏氣凝神，眾人面前浮現出帶著瘋狂色彩的入教儀式景象。

在夜空中熊熊燃燒的麥桿篝火。

陰森森的咒文合唱。

狂熱的太鼓旋律。

猶如漆黑怪鳥的阿鈴。

浮現在火焰當中的天狗面具。

「他們就這樣，陶醉在自己製造出來的氛圍裡。但是阿鈴不同。她一定是帶著殺人的意志，以面具底下冰冷的瞳孔，目不轉睛地凝視著這些可憐又可愛的觀眾的狂態。

第一位入教者加代，不久後被召入堂內。堂內設有矮壇，阿鈴坐在上頭；勝次坐在擺在壇旁的太鼓後面，注視著加代。阿鈴揮舞幣束，加代赫然回神，垂下頭去。低沉的咒文響起，勝次敲打的太鼓靜靜地在堂內迴響。接著，勝次要加代說出她最重大的祕密，做為入教的誓詞。告白結束，儀式告終，加代關上堂門，走出外面。到這裡，是這場殺人劇的開幕情景，加代這位好強而多話的女性，完成了她重要證人的任務，退場了。」

「接下來的縫子這名女性的情況也完全相同啊！根據我聽到的，阿鈴的態度和勝次的樣子，也一點都沒有變。」

聽到土田巡查的話，矢太郎露出淡淡的微笑。

「因為縫子也被賦予了證人的任務。在她結束入教儀式之前，勝次確實還活著。但是，縫子關上堂門，走出堂外的瞬間，阿鈴便飛快地走下矮壇。勝次正想把接下來的久米代婆叫進來，這個時候，阿鈴用事先藏好的繩子絞住勝次的脖子……」

「胡說，這怎麼可能？信徒們就在堂前。而且之後久米代婆也和其他人一樣完成了入教儀式。她沒看見勝次的屍體啊！」

署長忍不住大叫，但矢太郎還是以相同的態度繼續說下去。

「堂門下半部是木板，上半部是格子狀。從信徒的角度，是看不見天狗堂內部的。更何況，熊熊燃燒的篝火火光，反而讓人更難看見堂內。而且就算勝次斃命的時候發出一點叫聲，阿久婆敲打的太鼓聲，還有信徒們的咒文聲，也會把它給蓋過，不會被聽見。

勝次的屍體，就這樣讓它倚著矮壇，擺成坐姿放著就行了。勝次穿著和服褲裙，就算姿勢有些不自然，也可以遮掩住。再加上勝次前面有太鼓擋著，信徒頂多只看得見他的臉而已。而那張臉又被天狗面具蓋住，不用擔心死者的表情會被識破，就連纏繞在脖子上的繩子也沒被看出來。殺害的過程，只是用繩子緊緊勒住被害者的脖子而已，數十秒就結束了。阿鈴她一個女人可以耕種三反步田的力氣，在這種地方也派上用場了吧！

接著，阿鈴把久米代婆叫進來。就是這裡讓我覺得不可思議。可以說這裡就是第三個黑點……」

「那……」

土田巡查想要說什麼，卻被矢太郎打斷。

「沒錯。事到如今，任誰都看得出來。已經變成屍體的勝次，沒辦法去叫久米代婆。之前的兩個人是被勝次叫進去的。他在堂內，是負責指揮儀式的人，所以是理所當然的。可是只有久米代婆的時候，這理所當然的事沒有被實行。我對這一點感到疑惑。

久米代婆可以說是被精挑細選出來的登場人物。依我所見，久米代婆有淚囊炎，老是在擦眼淚，是個眼睛有殘疾的老太婆。堂內神祕的情景，以及一心一意想要仰賴天狗靈力的想法，讓她一個勁兒地低垂著臉，在阿鈴面前磕頭。請各位想像這個情景，她根本沒有餘裕去注意到勝次的死亡。更何況，她怎麼想像得到，阿鈴竟一面唱著咒文，一面敲打旁邊的太鼓，一個人把勝次負責的任務都給搶去了？

儀式一結束，阿鈴泰然自若地與久米代婆一起走出堂外，關上堂門。然後她煞有其事地對著留在堂內的勝次屍體說：勝次，把燈關了之後，記得和平常一樣熄掉燭火啊。這裡就是這場殺人劇的最高潮。然後阿鈴領著信徒們，宛如大明星一般，踩著滿佈碎石的花道，靜靜地退場了。」

「嗯哼……」

土田巡查忍不住吐出嘆息。的確是精彩的推理，但是，還是有些無法釋懷的部分。剩下的一些疑問，矢太郎也已經有了解答嗎？

「白上，到這裡為止，好像都還說得通。可是我有幾個疑問。首先，留在堂內的勝次不是把燭火都熄掉了嗎？那個時候一點風也沒有，可是信徒說她們來到阿鈴家門口，回頭看天狗堂的時候，燭火已經熄了。這你怎麼解釋？」

「與其去想燭火為什麼熄滅，倒不如想想蠟燭為什麼會燃燒？這就是解答的提示。」

土田巡查沒辦法掩飾他那再悲慘也不過的表情。

「你從以前就有這種壞習慣，老愛把問題扭曲成另一個樣子呈現出來，我老是被你的問題搞得頭痛不已……」

「對不起。就是這個壞習慣，害我失戀了兩次。哈哈……因為這個魔術實在太愚蠢了，所以我才想賣點關子。阿鈴一開始就準備了特別的蠟燭放在那裡的。也就是說，她把蠟燭的芯在中間切斷，然後抽掉。在切斷的地方做個記號。沒有芯的話，蠟燭就燒不起來。隨著儀式進行，阿鈴看到蠟燭快燒到做記號的地方，就和大家一起回去。她可能已經事先使用幾根蠟燭做過試驗，慎重地計算過時間與燃燒的速度吧。正好在大家回到阿鈴家前的時候，蠟燭熄滅了，因此也巧妙地讓大家都相信那是勝次熄掉的。」

「可是，」署長迫不及待地開口：「回到自家的阿鈴，因為勝次遲遲不過來，所以到天狗堂去找他。久米代婆也一起去了，但是狹窄的堂內卻看不見勝次的屍體。阿鈴沒有搬運屍體的時間，這樣的話，難不成是屍體自己走出去的？」

「這裡又出現了一個我所說的黑點。阿鈴好歹也是天狗法會的教祖，為什麼她不叫其他的信徒去找勝次？她沒有必要親自去的。而且，去找勝次的時候，明明有像加代那樣活潑又年輕的女人在場，她卻找了眼睛不好，又老又虛弱的久米代婆去，這不正是勝次的屍體還留在堂內的證據嗎？」

「可是久米代婆沒看到屍體，」

「她不是沒看到，而是看不到。阿鈴大剌剌地進了堂內，但是久米代婆在神明的面前，還是忍不住畏縮起來。她一直站在入口的地方。阿鈴那個時候還穿著黑色寬鬆的衣服，她擦亮火柴，察看堂內，勝次的屍體完全被她的黑衣擋住了。阿鈴手裡的火柴晃了一圈，照亮堂內。久米代婆那淚汪汪的眼睛不管睜得再怎麼大，似乎也只看得見阿鈴倒映在堂內牆上的黑影而已。更何況，比自己更年輕能幹的阿鈴親自審視堂內，說：『咦？勝次不在，好像回去了。怎麼在這麼重要的晚上，自己一個人默默跑回家去了？』既然阿鈴都這麼說了，久米代婆自然毫不猶豫地相信了。久米代婆回去之後，一定會這麼斷言的：『我和天狗大人一起察看堂內，可是勝次不在裡面。』」

4

每個人都陷入沉默。每一個事實，都是稍微疏忽便會看漏的小事。但是，當這些黑點連結在一起的時候，眾人的面前便朦朧地浮現出毫無疑問地是阿鈴的形貌。

「接下來，我們來想想為什麼山森久次郎會被殺害吧！山森青年完全是無辜的犧牲者。這是在市助、勝次這兩宗計畫性的犯罪過程中產生的，偶然的事件。

十二點左右，信徒們離開阿鈴家，踏上歸途，途中經過了夫婦松。但是，勝次的屍體還不在那裡。土田前輩說因為夜路太黑，眾人沒有發現，可是信徒們並不是規規矩矩地呈一列縱隊前進的。如果路上有屍體的話，應該會有人絆到上半身倒在路面上的屍體的。

就像我一開始說的一樣，阿鈴是在風停之後的四點過後搬運屍體的。她等待風靜下來，著手搬屍體。搬得太遠的話，途中有被人發現的危險。總之，只要勝次的屍體在天狗堂以外的地方被發現，其他的信徒就可以證明阿鈴當時不在場。

然而，這裡發生了一件不幸。山森天皇深夜出門散步了。他逛到夫婦松附近時，正巧碰上了揹著勝次下來的阿鈴。風已經平息，從雲間照射下來的月光，清楚地映出了彼此的表情。

阿鈴一定大為吃驚。就算對方是一個瘋子，卻也不曉得會因為什麼樣的差錯，使得自己的罪行被揭露。殺意掠過她的心中。她放下勝次的屍體，一面對山森青年打招呼，一面走向對方。她的手上握著方才揹負勝次的屍體下來的繩索。她逼近山森青年的背後。殺人在一瞬間結束，記事本和鉛筆從青年的手中落下……」

「那本記事本上寫著那幾個字。特命為總理大臣，這句話到底是什麼意思？」

署長問道，矢太郎露出有些難為情的笑容。

「這一部分，其實我也不是很清楚。不過，我們可以想像一下。這位青年平素似乎就不甚喜歡勝次，記得是土田前輩在和勝次說話的時候，路過的山森青年朝他怒吼：東條！這個無禮之徒！對吧？」

「嗯，的確有過這麼一回事。可是，這和記事本上的句子……」

「我想應該有關係。自己最討厭的勝次被繩子綁住，丟在路上。對他而言，就有如目睹東條的悲慘下場，讓他心生感激。而且這件事是由一名女子完成的。他發現了下次組閣的優秀人材，於是立刻派下重任。不過阿鈴可能沒看到吧。山森還沒來得及把任命狀交給阿鈴，他就被殺了。可是，正想逃離現場的阿鈴，或許突然對這名青年心生憐憫。她把掉落的鉛筆慎重地擺在記事本上。在內心裡，她一定正對這名不幸的犧牲者合掌膜拜。不過這一點我完全沒有自信。這也是我一開始所說的，它是潤飾過多的故事的理由……」

「確實，」署長以乾啞的聲音開口：「關於這兩宗殺人案件，這的確是非常值得一聽的高見。可是，一開始的殺人，池內市助的毒殺案，要說阿鈴是犯人是有困難的。想要在每個人各自檢查過的茶杯裡下毒，是絕對沒有機會的。我們已經檢討了所有的情況，可是這根本就是近乎不可能。而且，大家喝著同一個茶壺倒出來的茶，卻只有市助被殺，其中的理由也完全不明。白上，這根本是不可能犯罪啊！」

「沒錯。」矢太郎一本正經地應和。

署長愣住了似地，嘴巴一開一合。

「你，」土田巡查受不了地叫道：「那你是說市助是自殺的嗎？不可能犯罪沒有道理發生……」

「這句話更是沒錯了，不可能犯罪是不可能發生的。」

「可是你說阿鈴是犯人……」

「土田前輩，我只是同意署長的話而已。的確，沒有任何可以在茶杯或茶裡頭下毒的機會，在場的任何人都沒有。如果有人下毒的話，立刻就會被發現了。所以，想要在茶杯或茶裡下毒，不為人知地進行毒殺，是絕對不可能的。」

「可是白上，市助確實就被殺了啊。」

「問題就在這裡。我們毫不懷疑，市助的死亡是因為摻進茶裡的農藥巴拉松所導致的。可是，如果這一點實際上是不可能的話，那麼我們就必須果斷地轉換視點，以別的角度來看。市助不是因為喝了茶才死掉的。」

「可是這不可能啊！那天晚上，勝次在阿鈴家裡，除了茶以外的東西一口都沒碰啊！」

「他喝了天狗的神水不是嗎？」

「那是劇痛開始之後才喝的。他服下毒藥，感到劇烈的痛苦，所以……」

「所以，如果市助一開始的痛苦，全都是他在作戲的話……」

瞬間，所有的人都驚愕地望向矢太郎，署長第一個開口了：

「白上，沒有人會因為作戲而死的，而且市助根本沒有演戲的理由啊！」

「我一再地提到這個事件裡出現的可疑事實——也就是黑點，市助的死亡，其實就是最大的黑點。請各位想想他那感覺非常作假的痛苦模樣。就像阿繁那個老婆婆說的，市助把巡迴劇團在牛伏村的舞台表演，就這樣拿來表現自己的苦悶。阿繁說市助死得就像演戲一樣，就是因為她從市助身上感覺到讓她這麼覺得的演技色彩。

等一下在敘述動機的時候，我會再說明，不過市助並不是一個虔誠的信徒。他是個會大不敬地拿天狗的護符擦鼻涕的人。但是，他也對天狗法會的發展最為熱心。市助想要利用天狗法會，所以，當他聽到精米店的阿梢喝了阿鈴家的井水，治好了頭痛，立刻就動腦筋了。把井水稱做天狗的神水，賣給信徒怎麼樣？

那麼，就必須在眾人面前證明這個水的靈力才行。市助想出了召請儀式這個點子——阿鈴要在眾人面前，預言拯救坂上部落的大恩人的名字。屆時，為了讓自己在迫在眉睫的村議會選舉當中變得有利，他要阿鈴說出池內市助便是那位大恩人。取而代之地，他裝作突然腹痛，演出喝下天狗的神水後立刻痊癒的戲。不管是阿鈴還是市助，這都是對雙方皆有利的交易。不過，阿鈴沒有放過這個機會。」

「就算天狗的神水裡摻進了農藥，阿鈴應該還是沒有下毒的機會。她是眾人的注目焦點，眾人期待她會把市助從痛苦中解救出來，注視著她……」

土田巡查的抗議有其道理。雪子送來的水，阿鈴連一根手指都沒碰。

「土田前輩知道水藝這種東西嗎？」

「什麼？」

「水藝——也就是舞台上的藝人，從扇子的前端或衣物的袖口操縱自如地噴出水的表演……」

「哦，那個啊。瀑布的白線是吧？」

「是的。我記得村子在正月的時候，由青年團主辦上映了一部叫『流浪的水藝師』的電影。宣傳單還掛在酒店『千鳥』裡呢！阿鈴的毒藥詭計，可能也是從這部電影的記憶裡發想成形的。

我從一開始就懷疑巴拉松可能是摻在天狗的神水裡的，但是卻一直想不出它的方法。在『千鳥』看到這張宣傳單的瞬間才恍然大悟，謎團頓時解開了。就像諸位知道的，表演水藝的時候，要從後台牽出好幾根細水管到舞台上，然後藏在負責表演的藝人身上，不能讓觀眾發現。配合藝人的聲音，後台的人對水施壓，讓水從細水管裡噴出來。水看起來就像從藝人手持的白扇前端流出來似地，化為一條白色的小瀑布落下。

請各位想像一下那天晚上的情景。市助依照計畫，在喝下茶的同時表現出劇烈腹痛的樣子，叫著要天狗的神水。雪子急忙汲水過來。市助就要喝水的時候，一旁的阿鈴說：『市助，先祈禱。』雖然計畫中沒有這一部分，不過為了加強接下來的效果，市助也覺得這真是個妙計。於是他裝作強忍痛苦的樣子，遞出茶杯接受阿鈴的祈禱。阿鈴把幣束在茶杯上一揮。

幣束這種東西，竹棒的前端垂落著好幾條折好的紙。只要把竹節打通，便能夠發揮水管的功能。只要事先把裝有巴拉松的容器——可能是玻璃吸管之類的——藏在手握住的地方，揮舞幣束的瞬間，只要一壓橡皮的部分，巴拉松便會沿著竹棒滴落到茶杯裡。巴拉松滴落的情形，被幣束前端的紙條遮住，不會被人看見。更何況只要一說『祈禱』，大多數的人都會無意識地低下頭去。當然市助一定是第一個恭恭敬敬地垂下頭的。

就這樣，巴拉松流進茶杯裡了，真的是殺人水藝。另一方面，市助繼續演著腹痛的戲，一口氣喝乾了杯裡的水，快得連巴拉松的惡臭都沒注意到。然後下一瞬間，千真萬確的痛苦侵襲了他。市助連痛苦的原因都來不及知道，就這麼斷氣了。可是，在場的人不了解最初的痛苦和第二次的痛苦完全不同，大家都以為市助是因為喝了一開始的茶而被毒殺了。」

5

白上矢太郎說完之後，厚重的沉默突然籠罩了眾人。

似乎一切都解決了。然而卻有種陰鬱的感覺盤踞在心底一角。

矢太郎本身非常清楚這種感覺從何而來。他像要揮開沉默的重量一般，重新端正坐好。

「方才，我已經敘述了三宗殺人事件是如何進行的。但是，不管如何精彩地解明了詭計，這個事件依然留有未解決的部分。各位會感到無法釋懷，也是因為這個緣故……」

（此時，土田巡查正以空洞的眼神追尋著晃過眼前的阿鈴幻影，聽到矢太郎的話，才又把憂鬱的視線投向他。）

「未解決的部分是什麼？正是阿鈴犯下此種兇行的意圖和動機完全不明的這點。即使阿鈴由於她不幸的成長過程，精神有些扭曲，但也不能魯莽地斷定這就是她犯罪的理由。反過來說，阿鈴不過是個平凡而木訥的農女罷了，不是嗎？

對她而言，市助和勝次應該是值得信賴的協力者，不該是非除掉不可的礙事者。從表面上來看，失去這兩個人，阿鈴反而會是蒙受損失的一方，可是她卻依然選擇了犯案。這到底是為了什麼理由？阿鈴自殺之後，我們已經無從瞭解她的想法，不過若是允許我個人的一些潤飾，我想請各位聽聽接下來的故事。」

就這樣，矢太郎開始敘述起他自稱「潤飾過多的故事」的犯案動機。

「如果市助之死，是由於他與阿鈴之間約定好作戲的結果的話，那麼是否能夠更進一步想像，天狗法會本身，也是他與阿鈴創作出來的東西呢？這麼想的話，阿鈴表現來的種種不可思議，便會褪去一切的神祕偽裝，呈現在我們面前。

面對日漸逼近的村議會選舉，市助為了勝次這個競爭對手而苦惱。要怎麼樣才能夠在這場選舉中脫穎而出？那就是增加自己的支持者。這個時候，他留意到阿鈴這個成長過程中充滿了傳說色彩的女性。讓阿鈴扮演教祖，使那個宗教有說服力，聚集無知村民的選票——這是否就是市助想出來的新興宗教天狗法會的起源呢？

現在，宗教對企業也有著非常重要的存在價值。就像丹羽文雄註[3]在《蛇與鴿子》這本作品當中寫到的，宗教是魅力無窮的現代化事業。市助一開始只是為了村議會選舉這種渺小的目標而創立天狗法會，然而意外的成功使他驚奇，同時也帶來了他的悲劇。」

（赴任第三天夜晚的情景，歷歷在目地浮現在土田巡查的記憶裡。喝得爛醉的市助把他帶進「千鳥」，鬼叫著：「村長那傢伙要推舉小木勝次那個窮酸工人的話……可惡，我市助才不會讓你趁心如意……」那個時候，這個計畫一定已經在醞釀中了。）

「阿鈴是個不幸的女性。由於糾纏著她的傳說，讓她沒辦法像平常人一樣結婚，一直到四十歲，都悄悄地躲在牛伏村的一角活過來。市助是怎麼收買阿鈴的？又是如何說服阿鈴扮演天狗大人的？我們沒辦法得知詳細情形，不過至少阿鈴與市助之間有肉體關係這一點，是無法否認的。從阿鈴三個月的身孕就可以看得很清楚，肚子裡的孩子不是勝次的。勝次出入阿鈴家，才一個多月而已，這一點沒有問題。

我們可以想像得到，四十歲的處女阿鈴，由於初次體驗到的肉體喜悅，將所有的一切都奉獻出去。對市助而言，阿鈴只是一個女人。淫靡的夜晚纏綿當中，市助所呢喃的話

註[3]丹羽文雄（1904~2005）：日本小說家。代表作有《海戰》、《蛇與鴿子》等等。

語，對於陶醉於性愛歡愉中的阿鈴而言，有著無法拒絕的絕對力量。就這樣，阿鈴一個接一個實行了市助想出來的天狗奇蹟。信仰過深的阿久婆和阿繁見識到阿鈴預言能力的春季事件，也是市助出的點子。至於牽走茂十家的綿羊，讓阿鈴猜出綿羊的所在地，也是市助一手策畫的。

是土田前輩敏銳的直覺看穿了阿鈴的身孕，不過我聽到這件事的瞬間，便瞭解了一切的計策，覺得似乎明瞭了被重重謎團包圍的犯案動機。

（土田巡查有些難為情地垂下頭去。當時，目睹阿鈴不可思議的行動而聯想到川端康成的作品，這反倒該說不像一個警官該有的行為。想要墮胎的女性從窗戶跳下去的描寫，那種既幽默又悲哀的情景，讓他印象深刻，但是這種話實在是沒臉告訴署長。）

「就這樣，天狗法會得到了眾多信徒，長期遭到冷眼相待的阿鈴，一躍成為教祖，受到人們的敬畏。即使是可笑的假戲，她也全心全意地去做，而且收入也增加了。不知不覺中，阿鈴開始描繪起異想天開的夢想。知道漫長的人生寒冬之後，竟有這樣的春天等待著她，這讓阿鈴原本壓抑在心底的欲望全都一口氣萌芽了。現在她只要裝模作樣地揮舞御幣，唸誦從父親那裡學來的咒文，便能夠自由地操縱他人。信徒們甚至會自己為她創造出奇蹟。

漸漸地，在阿鈴的心中，池內市助開始變成礙事的對象了。而且已過中年的這個男人，不但對她的肉體需索無度，同時也沒忘記藉口選舉所需，毫不客氣地拿走她得到的金錢。只要沒有市助的話——這麼想的時候，阿鈴為了讓自己成為名副其實的天狗法會教祖，已經在內心決定了市助的死刑。而且，市助還主動提供了這個機會。一定就是這個時候，阿鈴真正打從心底感謝天狗吧。」

真的是潤飾過多的故事。可是除此之外，還能想得出什麼樣的動機呢？

（這一章一開始，作者便發誓要和讀者一起緊盯著矢太郎，揭穿他理論的漏洞。但是，矢太郎也非常明白這一點。他事先美其名為潤飾過多的故事，再開始敘述。現在，我們也只能以批判的角度來觀察他這拙劣的潤飾。談論勝次案件的時候，他會以什麼樣的潤飾來為故事做結？期待讀者們敏銳的批評。）

「接著，勝次為何會被殺害？事到如今，我們已經無法得知詳細內幕。為什麼勝次會突然成為信徒？我首先從這一點思考。

市助還活著的時候，他以天狗法會為靠山的選舉勢力，恐怕被勝次誇大評價了。毋寧說勝次是滿心羡慕的。此時，市助的死訊傳來，勝次內心鬆了一口氣，沒有放過這大好機會。他想成為天狗法會的中心人物，收買阿鈴，利用阿鈴的力量。但是，勝次一定不曉得天狗法會的誕生竟是由市助與阿鈴共同策畫的。勝次只是無條件地相信已經存在的現況，並想加以利用而已。

對於勝次的入教，阿鈴當然很高興。勝次佯裝熱誠的信徒，接二連三地想出各種宗教儀式，這對天狗法會的發展有著極大的幫助。可是，阿鈴在這裡失算了。好色的勝次，一方面為『千鳥』的夫人傾囊揮霍，一方面也對阿鈴豐滿的肉體感到心動。阿鈴也因為嚐過男人的滋味，為著吹過身體的寂寞寒風感到苦惱。

不曉得是阿鈴主動，還是勝次挑逗的。我想應該是勝次吧。因為透過市助，阿鈴早就經驗過許身男人的危險性了。不過，她也一定自覺到，自己早已沒有拒絕到底的意志力了。不是阿鈴主動的。她並不願意，可是勝次要求，她逼不得已才——女人總是想在心裡準備好這樣的藉口。

可是，一旦演變成那樣的關係，情況便完全改變了。勝次由於意外的成功，得意忘形起來。而且，他恐怕看穿了阿鈴的身孕。

事情到了這步田地，阿鈴等於被勝次掌握住要害了。『什麼教祖大人、天狗大人，結果還不就是個女人？肚子裡的孩子是市助的種吧？這麼說來，天狗法會這種東西打從一開始就很可疑。無妨，反正我一開始就知道了。怎麼樣？阿鈴，既然我都知道這麼多了，讓我一起嚐嚐甜頭也不會怎麼樣吧……』我說得好像演戲一樣，不過對勝次而言，這的確是再好不過的機會了。聽到這番話，阿鈴會作何感想，我想大家應該都非常明白。她再次犯下了過錯。『布魯特，你也是嗎？』凝視著勝次的阿鈴，內心一定像這樣呢喃著凱撒大帝臨終悲嘆的話語吧。『勝次，你也是嗎？』。就這樣，阿鈴決定除掉勝次……」

矢太郎就說到這裡。

土田巡查的生涯當中，再也沒有比這一幕更印象深刻的情景了。

在場的人，即使在矢太郎說完之後，也宛如活人畫一般，一動也不動。

這一瞬間，土田巡查聽見了天狗飛翔的振翅聲。天狗？怎麼可能？他環視周圍。沒有一個人動彈。

土田巡查望向窗口，一隻小鳥正朝萬里無雲的秋空飛舞而去。

轉眼之間，牠便化成一個黑點，一直線地消失在蒼穹的中心。

解說

橫井司

土屋隆夫在一九七二年發表的散文〈私論・推理小說是什麼？〉裡，首先聲明範圍「主要是長篇作品」，內容寫道：「如果想要研究一個作家，首先必須研讀他的處女作」。若問理由，因為「處女作當中，往往隱藏有認識作家所需的重要線索」，「一個作家的姿勢，從初次站在起跑線上，到他奔馳到終點為止，並不會有太大的變化」，亦即，「處女作當中，充滿了作家的初志」。

土屋隆夫的第一部長篇小說，正是以新裝版重新出版的本書《天狗面具》。

由散佈在「約在信州的東端」、「蓼科山拖著長長的山腳，結束在佐久高原的一端」、「日照貧瘠的傾斜地」的四個部落集合而成的牛伏村中，一個居住於坂上部落的近四十歲女性・阿鈴，化身為天狗展現種種奇蹟的消息鬧得沸沸揚揚，聚集了眾多的信徒。偶然接到上級通知，指示他注意新興宗教動向的村落派出所警員土田巡查，興起了去天狗法會一探究竟的念頭。好巧不巧，參加聚會的現任村會議員池內市助突然死亡的消息傳來。經過驗屍，查明了市助是遭人毒殺而死。但是隨著調查進行，發現同席的任何一個人都沒有機會在市助的飲水中摻入毒藥。要在眾目睽睽之下，下毒殺害被害者而不被發現，是絕對不可能的。儘管搜查陣容為了「看不見的手」的殺人而煩惱焦慮，第二、第三宗殺人事件依然陸續發生（第二宗殺人事件裡，也安排了驚人的詭計）。犯人究竟是誰？犯罪又是靠著什麼樣的詭計而成功的？

《天狗面具》最初是以「天狗大人之歌」的標題，投稿第三回江戶川亂步賞的作品。遺憾的是，得獎的榮譽被仁木悅子的《貓老早知情》（一九五七）奪去，但土屋隆夫的這篇作品修改標題後，在一九五八年六月，由浪速書房出版了。

若是依照前述土屋本身的想法，《天狗面具》當中，一定隱藏著認識土屋隆夫這位小說家「站在起跑點的姿勢的重要線索」。凝聚在本書當中的「作家的初志」是什麼？答案集中在本書的終章，文中提到的著名段落當中。

一言以蔽之，偵探小說是一種除法的文學。而且，名偵探以推理明快地剖析眾多的謎團時，絕對不能有任何的剩餘。

事件÷推理＝解決

以這個公式算出的解決部分當中，絕不能有任何餘數——亦即未解決的部分或疑問。

談到土屋隆夫的時候，上述段落經常被拿來引用。同時它也非常明快扼要地指出了本書做為推理小說最精彩的地方。

《天狗面具》優秀之處，不在於用鬼面嚇人這種形式的詭計來製造故事的高潮，而是煞費苦心地寫作出一篇公平的本格推理小說，綿密地佈下伏線，若是讀者有心，想趕在名偵探解決之前識破事件的詭計，也並非不可能。同時本書在絲毫未留下作者安排的形跡這一點上面，也獲得了完美的成功。

一般認為，本格推理小說最困難的地方，在於思考出有創意的詭計，但是讓讀者認為如果仔細深讀，就能夠理論地解明詭計，並發現犯人的真面目，其實更要困難許多。尤其愈是規模龐大的詭計，解謎就更需要跳躍式的思考。作家必須讓讀者閱畢之後，感到那種跳躍式的思考是自然而然的。不僅如此，作家還必須不讓讀者搶在名偵探解決事件之前發現真相。一面寫得讓讀者自然明白，一面又要寫得讓讀者自然不明白，讓這種雙重限制成立的技巧，可以說是最高級的詐術。

以這種意義來說，書寫本格推理小說這種行為必須是自覺的。它是現代最先端的敘述（＝騙術）文藝。

解說的開頭提到的〈私說・何謂推理小說〉當中，土屋隆夫寫道：「若是細心的讀者，應該會發現，我的所有作品當中，唯有《天狗面具》是以完全不同的文體來書寫的」。有關這「不同的文體」，初版的「後記」裡提到：「這篇作品當中，我使用偵探小說的手法與構想，嘗試將農村戲謔化。新興宗教的滲透是非常驚人的，即使是在人工衛星運行天際的現代，作品當中的農村依舊存在。きだみのる註[1]所說的「瘋狂部落」，決非是已成過去的遺產。」從這一段文字，我們可以推斷本書是蹈襲一九四八年由吾妻書房出版、後來得到每日出版文化賞的《瘋狂部落周遊紀行》一書而寫的。きだみのる以他在巴黎大學習得的古代社會學為基礎，將他戰時疏散到東京八王子郊外廢寺時的見聞，以希臘古典文學為根本，戲謔性地加以描寫，揭發出日本社會中的普遍心性。作品中也包括了將村人比擬為希臘英雄，題為「英雄列傳」，滑稽地介紹村長選舉始末的章節。

但是，即使本書是以《瘋狂部落周遊紀行》為基礎，然而卻採用了與本格推理小說的詭計毫無關係、由饒舌的敘述者來說明的文體，從視本格推理小說為最先端的敘述（＝騙術）文藝的角度來看，仍然不得不說這種手法太過樸拙了。

《天狗面具》中，與其後土屋作品的敘述手法大異其趣，由敘述者站在故事前面，向讀者述說。不僅像是序章最後「讀者啊」這種露骨地介入敘述文的形式，還有以括弧的方式，對於作品當中介紹的傳承提出科學的意見，或提醒讀者注意已經出現過的情報(伏線)等形態。這種敘述者站在離開作品世界的地點的手法，的確能夠提高戲謔的效果，但是同時這個敘述者乍看自由奔放的外表背後，也隱藏了巧妙地統御以及支配情報的被壓抑的禁欲性格。這種雙重的態度，支配了文本的各個角落，將讀者引導到錯誤的方向。敘述者本身誤導讀者這一點，讓人聯想到江戶川亂步的《陰獸》（一九二八）、橫溝正史的《本陣殺人事件》（一九四七）或坂口安吾的《不連續殺人事件》（一九四九）當中，利用作品的文體（以及藉由文體蘊釀出來的作品世界）本身做為詭計的形式。

這類敘述方式，在本格推理小說近代化的過程中，逐漸消失了。一方面或許是受到松

註[1]きだみのる（1895~1975）：本名山田吉彥，日本翻譯家、評論家、文化人類學家。《瘋狂部落周遊紀行》為其代表著作。

本清張有名的現實主義宣言影響，同時也是來自讀者的希望吧。土屋隆夫也在第二部長篇《天國太遠了》（一九五九）之後，文體幾乎完全統一為清張風格的現實主義文體。以這種意義來說，《天狗面具》即使在土屋隆夫的長篇裡，也屬於相當異色的作品。也因此會出現白上矢太郎這個名偵探登場，向土田巡查講授毒殺詭計分類這種充滿稚氣的場面。但是志在本格推理小說這一點，本書毫無疑問的是土屋品牌的作品。

話說回來，土屋隆夫其後的長篇所繼承的，並非只有本格推理的精神。例如，改版後發行的《影子的告發》（一九六三）當中也能夠見到，被當成道具利用、人性遭到剝奪的悲哀這類主題，在《天狗面具》裡也能夠看到。知道笠井潔所主張的大戰期間推理小說理論的讀者，應該能夠看出太平洋戰爭中被當成武器利用的肉體記憶，也不著痕跡地存在於土屋隆夫的作品當中。本書同樣也刻劃出即使到了戰後，人們依然被當成新興宗教的道具利用、肉體遭到剝奪的情形依然存在的狀況。長篇散文〈推理小說作法〉（一九九二）裡提到，當時的創作筆記中記載，看到信徒們聚會的情況，「讓人想到舊軍隊的閱兵式」，這段話非常具有象徵性。經歷過狂熱宗教集團引發的地下鐵沙林事件等一連串事件的現代讀者，對於《天狗面具》當中蘊含的中心思想，應該能夠有更深切的感受。

另外，本書新裝版出版之際，除了入選《寶石》百萬圓懸賞大賽第一名、宣告推理作家土屋隆夫誕生的第一部作品〈「罪孽深重的死」之構圖〉（一九四九）之外，同時也收錄了在《寶石》、《偵探實話》、《偵探俱樂部》等偵探小說專門誌發表的七篇短篇。（編按：本書只收錄長篇作品。）從密室殺人的本格作品，到探究動機之謎的心理懸疑小說、點出司法制度問題點的社會派等，作風千變萬化，是最適合一探土屋隆夫這位作家才能之廣的一冊。

本書是年逾八十，依然持續發表新作品的作家熱情的泉源。其清新的氣息，值得細讀玩味。

本文作者簡介——橫井司

文藝評論家。一九六二年生於日本石川縣金澤市。

以探討二次大戰前偵探小說的論文《偵探小說的語言》獲得專修大學文學博士。

著有《真厲害！這樣寫推理小說》、《日本推理小說事典》（共著）等等。

並在《週刊讀書人》（報紙）、《小說寶石》（月刊）刊登推理小說書評，也曾執筆井上夢人、小栗虫太郎、笠井潔、森村誠一等人作品的文庫版解說。

國家圖書館出版品預行編目資料

天狗面具／土屋隆夫作；王華懋譯. -- 初版.
-- 臺北市：獨步文化出版：家庭傳媒城邦分公司發行，民95
面；　公分. --（土屋隆夫推理小說作品集；1）
譯自：天狗の面
ISBN 978-986-6954-15-3（平裝）
861.57　　95015746

TENGU NO MEN by Takao Tsuchiya

Original Japanese edition published by Kobunsha Co., Ltd.
Complex Chinese character translation rights arranged with Kobunsha Co., Ltd.
through Japan Foreign-Rights Centre/Bardon-Chinese Media Agency.

 ISBN 978-986-6954-15-3
ISBN 986-6954-15-3

土屋隆夫 TSUCHIYA TAKAO 推理小說作品集 1

天狗面具

原著書名／天狗の面
原出版者／光文社
作者／土屋隆夫
翻譯／王華懋
責任編輯／張麗嫺
文稿潤校／吳佳珍
發行人／涂玉雲
總經理／陳蕙慧
行銷業務部／尹子麟　林毓瑜
版權部／王淑儀
出版／獨步文化
城邦文化事業股份有限公司
台北市中正區信義路二段213號11樓
電話／(02) 2356-0399　傳真／(02) 2351-9179; 2351-6320
發行／英屬蓋曼群島商家庭傳媒股份有限公司城邦分公司
台北市中山區民生東路二段141號2樓
服務專線／(02)2500-7718; 2500-7719
24小時傳真服務／(02)2500-1990; 2500-1991
劃撥帳號／19863813　戶名／書虫股份有限公司
讀者服務信箱／service@readingclub.com.tw
香港發行所／城邦（香港）出版集團有限公司
香港灣仔軒尼詩道235號3樓
電話／(852) 2508-6231　傳真／(852) 2578-9337
E-mail／hkcite@biznetvigator.com
馬新發行所／城邦（馬新）出版集團
Cite (M) Sdn. Bhd. (458372 U)
11, Jalan 30D/146, Desa Tasik, Sungai Besi,
57000 Kuala Lumpur, Malaysia
電話／(603) 9056-3833　傳真／(603) 9056-2833
E-mail／citecite@streamyx.com
封面設計／永真急制
印刷／中原造像股份有限公司
排版／浩瀚電腦排版股份有限公司
總經銷／大和書報圖書股份有限公司
電話／(02) 8990-2588; 8990-2568　傳真／(02) 2290-1658; 2290-1628
□2005年（民94）12月初版
□2006年（民95）12月25日5刷
定價／290元　Printed in Taiwan

廣　告　回
北區郵政管理登
台北廣字第0007
郵資已付，免貼

104台北市民生東路二段141號2樓

英屬蓋曼群島商家庭傳媒股份有限公司　城邦分公

請沿虛線對摺，謝謝！

書號： 1UB006X	書名： 天狗面具	編碼：

請於此處用膠水黏貼

讀者回函卡

謝您購買我們出版的書籍！請費心填寫此回函卡，我們將不定期寄上城邦集最新的出版訊息。

姓名：____________________

性別：□男　□女

生日：西元 ________ 月 ________ 日 ________

地址：____________________

聯絡電話：____________ 傳真：____________

E-mail：____________________

職業：□1.學生 □2.軍公教 □3.服務 □4.金融 □5.製造 □6.資訊
□7.傳播 □8.自由業 □9.農漁牧 □10.家管 □11.退休
□12.其他 ____________

您從何種方式得知本書消息?
□1.書店□2.網路□3.報紙□4.雜誌□5.廣播 □6.電視 □7.親友推薦
□8.其他 ____________

您通常以何種方式購書?
□1.書店□2.網路□3.傳真訂購□4.郵局劃撥 □5.其他 ________

您喜歡閱讀哪些類別的書籍?
□1.財經商業□2.自然科學 □3.歷史□4.法律□5.文學□6.休閒旅遊
□7.小說□8.人物傳記□9.生活、勵志□10.其他 ________

對我們的建議：
____
____
____
____